飞行万里，和世界谈一场恋爱

晏樱 著

Love has found you
the destination

華文出版社
SINO-CULTURE PRESS

图书在版编目（CIP）数据

飞行万里，和世界谈一场恋爱 / 晏樱著. -- 北京：华文出版社, 2020.2

ISBN 978-7-5075-5229-4

Ⅰ. ①飞… Ⅱ. ①晏… Ⅲ. ①游记－作品集－中国－当代 Ⅳ. ①I267.4

中国版本图书馆CIP数据核字（2019）第275625号

飞行万里，和世界谈一场恋爱

FEIXING WANLI , HE SHIJIE TAN YICHANG LIANAI

著　　者：晏　樱
出版策划：春风化雨
责任编辑：张　铁
出版发行：华文出版社
社　　址：北京市西城区广安门外大街305号8区2号楼
邮政编码：100055
网　　址：http://www.hwcbs.com.cn
电　　话：总 编 室 010-58336239　　发 行 部 010-58336267　58336230
　　　　　责任编辑 010-58336195
经　　销：新华书店
印　　刷：北京彩虹伟业印刷有限公司
开　　本：710 × 960　1/16
印　　张：18
字　　数：330千字
版　　次：2020年2月第1版
印　　次：2020年2月第1次印刷
书　　号：ISBN 978-7-5075-5229-4
定　　价：49.80元

You may say I’m a dreamer

but I'm not the only one

—John Lennon

以梦为马，诗酒趁年华

现在的人，都喜欢找“虐”，比如去一个完全陌生、语言不通的国度短期旅行甚至长期生活，然后在朋友圈刷屏俗气地说：世界那么大，我想去看看；我要以梦为马，浪迹天涯……

这个俗人，是我。

我在中东国家卡塔尔一住就是小五年，顺便去了 50 多个国家，有土豪金主卡爸爸（卡塔尔航空）罩着，国际机票、五星级酒店住宿啥的都给免啦。

乘坐“羚羊”航空周游列国多年，并没有变得多洋气，多有调性，回国后的两年，还俗气地把自己变成了两个“孩子”的妈。老大叫《飞·行·记》，老二刚刚出生，取名《飞行万里，和世界谈一场恋爱》，您手上正抱着他。

生产的过程并没有很强的阵痛感，只是孕育的过程稍微漫长了些。

他有些任性，喜欢飞行，更热爱旅行，去过的地方 7 大洲除了南北极。

他有一双永不满足的眼睛，注定对追寻着迷。

这个性像我，血性。

在这个夹缝中求生存的社会，就该有点血性，否则年纪轻轻，就只剩下今天吃什么，明天吃什么，后天吃什么的鸡毛蒜皮，了无生趣。

我喜欢多元化的生活，以及无边界的人生状态。说得直白点，就像是不会化妆的摄影师不是好模特；就像是2018年俄罗斯世界杯，冰岛队的门将是导演，后卫是在读硕士，主帅是牙医。这个功利的社会，很难想象导演、硕士、牙医可以凑到一起闯进世界杯，还刷遍中国球迷的朋友圈。

每个人都在被社会贴标签，并以此作为对一个陌生人价值衡量的参考。比如：出了书，哦，那就是作家；去了很多地方，那他就是旅行达人；照片拍得不错，是个摄影师吧？自由职业，那就等同于没工作啦……

是，但远远不止。

因为自由职业，也可以是作家、旅行达人、半吊子摄影师的混搭。

这个混搭，是我，对了，我还喜欢练瑜伽。

当然，人生终究要归于平凡，不管什么标签，我更喜欢在这里随意地说：我只是个无辣不欢的重庆妹子，幻想着未来，能在新疆秘境开一家有爱有腔调的民宿，把房子种在麦田和树林边上，有马有狗，可以种地练瑜伽，有金色的早餐和下午茶，夏天的时候可以和朋友们采蘑菇、草莓和野花。

无论是梦想飞行的你，还是爱和自己死磕的旅行控，如果正巧，你也是我笔下的那个混搭，那不如一起吧！

以梦为马，诗酒趁年华。

目　录
contents

Chapter 1　出发吧！环游亚洲

Asia ! you go girl

Chapter 3 从北美到南美

From North America to South America

Chapter 4 沐浴澳大利亚之光

Aussie Light

Chapter 5 外航空乘幕后花絮大揭秘

Gossip girl

Chapter 6　外航空乘的八卦时间

Chapter 1

出发吧！环游亚洲

Asia ! you go girl

日本，总有樱花在等你

初次到访，请多关照

“幸福来得太突然”就是我第一次去日本的心理写照。

日本班因其目的地特有的吸引力以及飞行补助多，一向是卡航的“红人”，是空乘疯狂争抢的好班。我人品大爆发，在备班的情况下，天上掉馅饼，班表君居然赏给我一个，目的地——大阪。那种“幸福来敲门”的兴奋劲儿就别提了。

由于是临时加给的行程，离出发只有几小时，我没有任何行前准备，更没有一丝攻略计划，于是急忙打电话，向日本朋友内藤求助。她三下五除二就为我罗列好了第一次去大阪的必游景点，着实替我节省了不少时间。她叮嘱说：“玩归玩，2 月的大阪还是很冷，要确保带够保暖的衣物哦，当然还有钱！”

日本对于我，是一休哥，是名侦探柯南，是圣斗士，是东京爱情故事，是樱花，是忍者，是禅与穿和服的女人。这些思想的碎片大多数都来自小时候看过的极易暴露年龄的动画片，长大之后这些思想的片段变成了滨崎步的美甲、流行的日系风、大学里吃香的日语小语种……而现实中的日本，到底会是什么样的呢？

航班的组员里有 1/3 的日本美女、1/3 的泰国美女、1/4 的中国美女和剩下的其他国籍美女，几乎是清一色亚洲脸和清一色的日本乘客。同属一个文化体系，8 小时的飞行时间，那叫一个轻松愉快。早就对日本良好的国民素质有所耳闻，飞行中我算是真正体会到了。

乘客们无论男女老少，开口一句 Sumimasen（对不起），闭口一句 Arigatogozayimashita（非常感谢），还要带上微笑和鞠躬。受他们的影响，我也跟着点头、鞠躬，完全一个“鸡啄米”的形象。我猜想：“日本人患颈椎病的概率应该比较小吧，因为活动实在太频繁了。但这可能也是导致日本人普遍矮小的原因吧，跪坐太多，鞠躬太多，导致脊柱发育不良？”当然这纯属个人猜想，他们不过是将传统礼仪文化很好地传承了下来罢了，几百年前的中国，不也是这样吗？

我对于旅游，总是贪婪的。对，用“贪婪”二字形容我自己，一点儿也不为过。

在飞行了一个通宵之后，我们机组到达大阪下榻的酒店时已经是当地时间下午 6 点了，太阳已落幕，大部分空乘都选择在酒店休息倒时差，而我却以迅雷不及掩耳之势换上便装，出发前往大阪市商业中心。这里集结了各种大小商店、药妆店、美食店，可谓是购物者和吃货的天堂。虽已入夜，但被霓虹灯箱照亮的街道似乎变得更加热闹了。

大阪烧是内藤强烈推荐的必尝佳肴，我在梅三小路上挑了一家精致温暖的小食店准备一试。一份猪肉的，一份鱿鱼的。它的外形像煎饼，属于日本关西地区的一种民间美食。传统的大阪烧里只有蔬菜，而商家为了让选择多样化，也加入了很多肉类食材。我在航班上几乎没有进食，为的就是让胃有更多的空间装进地道美食，所以一样来一份，日本小哥哥估计被我这个小女子的食量惊呆了。

日本物价高昂可不是盖的，随后我在超市里逛了逛，一盒便当就450日元，30多人民币；一碗乌东面600日元，约50人民币。一碗面而已，加上“日本”二字，价格就要高出好几倍。记得之前我在机场纠结“要换多少日元才够呢”，因为初来乍到，对日本的货币计数没有什么概念。那时，两位比较资深的中国同事很是肯定地告诉我：“至少两万日元。”“至少啊？我只在这里待3天而已，用得了那么多？”我惊叹道。随后便换算了一下，约合人民币1500元。她们笑着补充道：“应该够你的交通费和吃喝开销的。”后话则是“如果要买礼物、纪念品、衣服、药妆等，哈哈，那就无穷大了，刷信用卡吧”。

我在超市买了日式抹茶甜点作为第二天的早餐，谁知一觉竟睡到了中午12点，罪过啊罪过，我居然在日本一觉睡掉了半天，太浪费了。由于要执行下午往返东京的短程飞行任务，我不得不老老实实地在酒店待飞。

在飞往东京的航班上，乘客们正井然有序地登机。我站在客舱里，老远就听到说中文的声音，走近了发现竟是一个日本家庭。我神秘兮兮地对那个背着蓝书包的日本小男孩说：“你叫吉岗吧？”他爸爸着实吓了一大跳，问：“你怎么知道？”就在这时，小朋友背着书包转了个身，他才意识到，啊，原来书包上有名牌！我们不约而同地笑了。

从东京回来已经是晚上12点了，我纠结着是饿着肚子睡觉，养足精神第二天去探索向往已久的京都呢，还是管他的，先吃饱了日本料理再说。在同事的诱惑下，我最后还是没出息地败给了我的嘴。

酒店拐角有一家非常不错的居酒屋，屋外挂着标志性的日式红灯笼，一进门是迎面而来的暖气。我们把鞋脱了存在门口的储物柜里，然后被长睫毛的日本美女带到一个小阁间，滑门一拉，便成了我们4个人的私人派

▲ 对于日本的食物诱惑，我完全没有抵抗力

对空间：一个日籍组员、两个中国同事和一位新加坡华人副机长的和谐亚洲组合。

日文菜单对于我们华人来说，看懂并没什么难度，因为总是可以从个别中文字中猜出个大概来，再加上可以看图说话以及有日本同事坐阵，什么日式串串、乌东面、煎饺、毛豆以及很多我根本叫不上名字的东西统统点来尝一尝。当然吃在日本，怎能少了 Sakei（米酒）、梅子酒的助兴呢。

除了美食美酒以外，“客人至上”的服务理念更是让我折服。比如长睫毛美女缓缓拉开滑门开启跪式上菜服务模式，她的一颦一动，有礼有节，又不卑不亢，让我在一个小小的居酒屋里既收获了美食又感受到了日本文化蕴藏的传统东方气韵。

空乘之间聚在一起的八卦新闻一天一夜也聊不完，我只记得酒和菜肴上了一轮又一轮，直到长睫毛美女再一次拉开滑门有礼貌地告诉我们：“不好意思，我们打烊了！”我这才看了一眼时间，已是凌晨3点。

凌晨5点我终于躺在了酒店舒服的床上，再一次陷入纠结，好不容易来一趟日本，要体验的太多，而停留的时间总是嫌太少。我不得不在7点爬起来去京都，还是睡到自然醒接受盛情的邀请，和之前一起就餐的同事去奈良看梅花鹿之间取舍。从路程上看，从大阪出发前往这两座城市都是一小时火车的距离。一边我得变身独行侠，另一边我可以有朋友做伴；一边是日本古代的首都，而另一边有可爱的神鹿，然而还没等我想出结果就已经睡着了。

闹钟在两小时后开始疯叫，此时天已经蒙蒙亮，我给自己冲了一杯“鸡血”咖啡，带上我的单反相机，一些钱，一些勇气，一个人出发了。作为第一次来访日本的我，最终还是选择了京都。

前往京都的火车路线有很多条：快车、特快、急速……看得人眼花缭乱的文字游戏让我不知如何选择。因为，单从字面意思上讲，这些线路似乎也没多大差别，像我这样的路痴游客最高效的办法是选择求助。

乘新干线去到京都，然后再坐巴士前往金阁寺，探索的第一站便正式拉开序幕。

金阁寺的看点主要有两个。看点一，根据名字可以断定，整座寺庙都是金色的，一旁的镜湖池水清冽，掩映在绿树中的金阁寺倒映其中。寺院虽然不大，但充满着禅意与宁静。看点二，自然是寺庙的“住持”——一休哥。20世纪七八十年代风靡亚洲的日本动画片《聪明的一休》就是以金阁寺为创作背景的。当然，现如今已经没有住持了，就连修行的僧人都鲜有看到，唯有纪念品商店兜售有很多一休的陶塑。也许来这里只是因为儿时的情结吧，毕竟一休曾是我心中的小男神。

▲金阁寺

然而，就算是没有任何情结，清水寺也是各路游客来到京都必然要造访的另外一个地方。如果要出一个简单粗暴的国际旅行通用攻略那便是：欧洲看教堂，亚洲观寺庙。

清水寺渗透着浓厚的中国古韵，建筑没有用一颗铆钉，而是借鉴中国古代的榫接技术，完美地将原木拼接在一起。它被樱花树团团包围着，想必4月里的樱花季一定更有吸引力。

寺里有很多穿着传统和服和木屐的年轻人，一开始我傻傻地以为这是日本年轻一代延续传统的一种方式，还好奇地请求合影留念，三五句话工夫，发现大都是中国游客，打听得知他们都是在山下的服装店临时租赁来拍照摆造型的。下山的路上，是一些纪念品商店、精致甜品店和散落在街道上把帽子压得很低、托钵的化缘僧人。

▲托钵僧人

我从左边的商店逛到右边的门市，下山的路硬是被我走成了之字形。店门上挂的纸灯笼、道路旁木杆撑起的纸招牌、通向私人宅院的石板小径、低矮的木质房门以及整齐摆放在门口的绿色植物，用的都是自然的色调，与周围的环境相映成趣。

赏美景，品美食，一边玩一边吃。独行的时候，好像多了更多自由的时间可以驻足观察、沉默思考，这种感觉没有想象中寂寞，反而是满满的充实感。尽管我对日本的历史和文化认识很是浅薄，但住在这里的人们以及传统的建筑总能传递给我几分历史的厚重感。然而不管历史怎样，它属于过去。今天和未来的日本，是值得我们学习的。

美中不足的是，这座被列入世界文化遗产名录的古老寺庙自然也成了各路旅行团的必游景点，如果独行那就务必赶早吧，错过了刚从睡梦中醒来的清水寺，那之后被旅行团“围追堵截”的观景感受必然会大打折扣。

人间四月天，樱花烂漫时

在卡航，有的国家、城市的航线要么好几年都没机会飞一次，要么短时间内连着飞，比如去日本就是这样。

一场发烧、咳嗽、流鼻涕的重感冒之后，我再一次被班表君怜爱，备班又一次被改成了大阪。在这个最美人间四月天的樱花烂漫时节，感冒虽还没有痊愈，但心已被瞬间治愈，且没有任何理由拒绝这样一个天赐好班。

这次同行的是马来西亚籍中国台湾姐姐以及她在日本留学的朋友。听他们说：大阪造币局是日本众多赏樱名所中的最佳地点。这个生产硬币的地方，其主体建筑是一栋精致的小洋楼，局外有一条五百多米长的樱花大道，种有三百多株、上百个不同品种的樱花。关键是造币局每年只在樱花满开的时候才对外开放一周，还得根据花期调整时间，所以每年开放日期是不定的。我们到达的那天正巧是开放的第一天，真是择日不如撞日，来得早不如来得巧，能从地陪那儿得到这些实时资讯，我如获至宝。

我和两个小伙伴来到造币局门口，一股脑扎进了赏花的人流。虽说我来自中国，也算是见过“大场面”的人，但面对这浩浩荡荡的人潮我还是震惊了。这里除了从世界各地专程赶来赏樱的人，连大阪本地的居民也几乎是倾巢出动，让自己在这粉色的花海里尽情沉醉。行走在樱花大道上，游客几乎是比肩继踵，迈着小碎步，头呈 45 度仰角，向前缓缓挪步。虽然拥挤，但秩序井然，不显嘈杂。

一直以来，粗浅的我理所应当地认为樱花都该是粉色的五瓣花。到

▲漂亮的日本樱花

了这儿，才大开眼界，打破了我固有的思维定式。樱花的花色各异：乳白色、淡黄色、玫瑰色，甚至还有稀有的绿色……花瓣也各有造型，在绿叶的掩映下显得尤其娇嫩欲滴。立在一旁的木牌上清楚地标注了花名和简介。

在这里，我寻到了娇贵的“杨贵妃”，因为其花蕾为浓红色而开花后又会转为淡红色，花色饱满让人联想到中国杨贵妃的样子，所以由此得名；此外还有富态丰腴、花瓣密实的“兰兰”；像白菊花花瓣的邹菊樱；以及认知度最高的东京樱花，等等。从颜色、造型、品种等各个方面颠覆了我对樱花单一的初始印象。

樱花树干有高有低，错落有致，有的呈伞状漫开来，有的呈垂柳造型散开。面对如此诱人的花枝，却没有看见一个人因为一己私欲而抱着“花开堪折直须折”的心理。漫步在樱花步道上，任一阵清风拂过，下

▲造币局的樱花

一场烂漫的花雨，游客的头发上、鼻子上、肩上留下它们来过的痕迹。只见一位日本老爷爷充满爱意地从老伴儿的银发上取下几片花瓣，微笑不语，两人在花雨中情意绵绵地对望，这一切都是极致的浪漫，拥挤的人潮变成了只属于他们两个人的世界，像定格的电影画面。要不是突然传来提醒游客注意安全的中文广播声，我一定还沉浸其中。

每到樱花季，造币局都会特意制作极具收藏价值的樱花硬币，这也成为游客们争相购买的超值纪念品。

出口外围，政府贴心地设有小吃摊位，正好与里面的樱花大道相互平行，我们选择了一个茶寮座小憩，品上一壶煎茶混搭着日式串串、章鱼烧、酱黄瓜，等等。一饱眼福的同时还能一饱口福，真是幸福感爆棚。

奈良，距离大阪约一小时火车的路程，是另外一座极具特色的城市，因为这座城市的主人是一群神鹿。听朋友说，这些野生的鹿群分布在城市的各个角落：公园里、寺庙中、樱花树下、青草地上，抑或是在游人的身旁……

与造币局相比，这里游客少了许多。一出站台，就看到几只“鹿人甲”在悠闲地遛街散步。

奈良公园里，风吹满地的樱花花瓣与嫩草是它们的芭菲盛宴。有的吃完草，鼻子上还沾着花瓣，而飘落在身上的，则被自然的魔术手乔装成了梅花鹿，非常可爱。

和有鹿角的高冷公鹿比起来，我更青睐体格娇小的母鹿。它们漂亮的小脸蛋上一双水汪汪的大眼睛更加呆萌，让人觉得更有安全感。这种形象好气质佳的小动物，如果非要拿一个人来形容，我首先会想到奥黛丽·赫本。

我原本没有打算买“鹿仙贝”饼干喂它们的，心想：还有什么能与樱花嫩草相媲美的美味？谁知有一个“机灵鬼”为了讨到“零食”，一本正经地走到我面前开始鞠躬，还一连三个！就像日本人那样。我瞪大了眼睛，一时间竟不知该说什么好：这里的鹿竟然会鞠躬！我震惊得无语凝噎，心动不如行动，面对它的讨好卖乖，我赶紧掏腰包为它买零食。

之所以称它们为神鹿，是因为它们除了会礼貌鞠躬以外，在吃方面也是有礼有节。因为它们是绝对不会去卖鹿饼干的小吃摊抢食的，而是耐心地站在一旁等着喂食的人付完钱才开心享用。话说，这喂食可一定要低调，不能瞎嚷嚷，否则会被其他闻声而来的鹿“围攻”。要是跟不上它们吃零食的节奏，它们就会着急用嘴拽你的衣角。回想一下我们看电视吃薯片，或是看电影塞爆米花的速度，它们可是比那还快呢。

三下五除二，我的手上就只剩下鹿仙贝的残留气息了，我无奈地把手摊开，它们湿湿的鼻子在手心上温柔地嗅来嗅去，可爱至极又充

▲鹿仙贝的诱惑

满爱意。

东大寺是奈良另外一处必然要到访的景点。它的主体建筑都是木质结构，极富年代感。但要说其最为独特的地方，要数屋顶上那对微微上翘的金色鹿角了，建筑与城市“主人”相融共生，庄严之外多了几分俏皮与灵性。烧香拜佛，熏陶禅修文化，那是去寺庙的例行公事。这座重建于 17 世纪的寺庙被很好地保存了下来，现今成为日本中小学生文化教育的户外课堂。一路上见到好多身穿校服，头戴安全帽的小朋友同行前往。

在奈良回大阪的火车站台上，我遇到了我的日本“小男友”。对于他，我可以说是一见钟情，之所以称其为“小男友”是因为人家还是小学生而已！

站台上人来人往，他却让我眼前一亮。在制服控的日本，各个学校的制服 PK 绝对是路上的一大亮点。他那身湛蓝色的校服和帽子上的白色流苏就先引起了我的注意，肩上背着皮质的黑色书包，身上还斜挎了一个浅

▲东大寺也长了鹿角

蓝色的公文包，他和几个小伙伴正说说笑笑，等车到站。我走上前去，指了指相机示意想和身着帅气制服的他们合照，没想到他竟然用一口流利的英文大方答应了。“难道他的火眼金睛一眼就看出来我不是本地人？年纪轻轻，英文怎么会这么棒？”我在心里打了好几个问号，但也顾不了这么多了。上了地铁，我拽着同伴坐到了“小男友”的旁边，正在努力思考着开场白，他竟大方地主动和我们聊起了天，问我们从哪里来，要去哪里……

那白嫩的皮肤、清澈如水的眼睛以及毫不胆怯地与我们这两个“制服控的怪姐姐”插科打诨的高情商深深吸引着我，我连忙掏出手机与他玩起了自拍，“小男友”正在换牙，微笑着露出缺了两瓣的门牙和两个漂亮的小酒窝，可爱极了。

我和同伴的目的地是大阪的天守阁，正好和他一个站下车，在车站别离的时候我紧紧地抱着这个大方健谈的小朋友毫不掩饰对他的喜爱，在他脸上亲了又亲。

我问他有没有电子邮箱，这样就可以把我们的合照分享给他。只见他掏出手机，看了半天却没什么反应。一旁的同伴提醒我说："人家只有7岁，刚刚学会认字，哪里知道什么电子邮箱啊！"好吧，他的撩妹神功已经让我完全忘记了他只是个小学生。

说着蹩脚的日语寻了半天，问了一路，才找到天守阁这个大阪城的地标建筑，没有足够的时间到历史的长河里一游，但到此一游的照片还是一定要有的。因为贪心新斋桥的购物长廊，我们在这儿几乎没做停留。

吃便当、逛药妆，美景、美食、美物统统都得收入囊中，才能不虚此行，才对得起日本二字，不是吗？

一开始还担心飞日本这种长航线，在我还没有从感冒里痊愈的状态下能否撑得住，没想到一趟日本航班飞完，我的感冒竟彻底好了！

我想我是被四月里的浪漫樱花，还有会鞠躬的神鹿和穿制服的少年治愈的！

日本女人

继大阪之后，卡航开通了由多哈直飞东京的航线，而作为大都市的东京有两个机场，成田机场和羽田机场，前者在郊区，后者在市区。

好不容易申请的东京航线，却很不凑巧地被分到了郊区机场，由于机场酒店距离东京市实在太远，至少需要坐两小时的火车，加上昂贵的交通费，我只好打消进城的念想，却又不甘心在酒店里白白浪费这大好时光。于是从酒店前台打听到附近有座成田山，类似于小京都，此外还有一小时车程的东京乡村旅游景点浅草寺，可以逛逛日本最古老的寺庙，到天空树俯瞰东京的美丽景色……我以为，无论如何都可

▲日本女人

以从周边或多或少窥探一下国际大都市的倩影。

然而我并没有从一个建筑到另外一个建筑，或者从一个小镇到一个大都市来探看日本。而是她，一个日本女人，让我看到这个国家、这个民族背后特有的文化特色——是优雅，是精致，是谨慎，也是压抑，是一种说不清道不明的情绪，就像面具之后的面孔才是真实的一样，表面上很难看出端倪。

由美是商务舱唯一的一位日籍空乘。去程时，因为工作岗位的不同，我并没有和她多说话，甚至连名字也要想半天才能叫出来，印象中只觉得她的妆容非常精致，法式盘发很是优雅。

因为机组丰富的夜生活才让我们有了更多的接触。一群不同国籍的同事，在黑灯瞎火的郊区，从机场酒店坐班车到了成田市，说是市，倒更像是一个小镇，完全不能和灯红酒绿的东京大都市相提并论。

那是一家非常地道的日式餐厅，我们下到了地下二楼，郊区的夜生活才算是活了过来。楼下的热闹景象和街道上的冷清形成了鲜明对比，虽然是晚上9点，里面依然人潮涌动，食客们大多数是这里的上班族，一副西装革履的打扮，只有仔细观察才能发现他们领口上的领带有微微松过的痕迹。由美告诉我："在东京，人们的生活压力非常大，大家常常要工作到很晚才能下班，基本没有其他社交圈子，平日里只能在加班之余和同事朋友喝酒来放松排遣工作一天的辛劳。"

由美为大家点好了日式料理，配了米酒和生啤，然后便与我们天南地北地聊开了。餐后她又像东道主一般拿出自己的信用卡统一刷，全然不去担心过后会有同事赖账。这一点我倒是非常佩服，毕竟大家都是第一次见面执飞本次航班，也许也是最后一次。（在卡航几千号空乘里面，飞往同一目的地的机组成员都是随机的，再次相遇共事的概率很小。）

在几杯米酒的作用下，大家的兴致更加高昂，由美提议去卡拉OK，而当时已是深夜12点了，也不知是时差的原因还是其他，总之，这群"夜猫子"齐声答应了，我只好随大部队的安排一同前往。

从24小时便利店那儿打听到步行去KTV的道路就像一条黑道没有尽头，我们最后还是决定打车前往，同行的组员虽说都是来自西班牙、塞尔维亚、罗马尼亚、哥伦比亚等欧洲或南美国家的人，但说到KTV，他们竟没有一个人体验过。我只好带着"鄙夷"的眼神扫过。

K歌对于我来说已经不是什么新鲜事了，但这毕竟是在日本，它的发源地，我想探个究竟，现在的它到底发展到了怎样高大上的水平。然而当我进到包房就傻眼了：点歌系统全日文，歌曲背景是中国20世纪90年代卡拉OK流行的泳衣MTV，更雷人的是工作人员还拿出了字典一般厚的纸质点歌书，上面有相应的序列号，需要在遥控器上输入序号点歌，一切都是20世纪90年代的既视感，我像是穿越回了我的小学生时代。

见大家呈一脸呆萌状，由美便又当起了"东道主"，非常耐心地为大家点歌，并且随时关注桌上的酒，保证每个人的酒水供应充足。又是一轮接一轮的米酒和啤酒，她仿佛不会醉似的。而无论是日语歌曲，还是那群老外钟爱的快歌，她都可以信手拈来再借着酒力与同事们唱啊、跳啊、扭啊，然后坐下来，喘口气，优雅地叼起一根香烟开始吞云吐雾。娱乐活动一直持续到了凌晨 4 点才结束，我原本计划好第二天前往成田山、浅草寺等旅游景点都只能作罢。

回程的航班由于机场机械故障和宵禁，导致航班延误并最终取消。我们重新回到了酒店待命，数小时后才接到复飞的通知。12 小时的航程，机组会分两组轮流休息，由美被分到了第一组，休息时间开始，她从商务舱走到经济舱的后厨放下了睡衣袋，脸色不太好，我想可能是困了的原因吧。一旁的同事随口问了句："How is forward?"（前舱过得如何？）而这一问便拉开了"导火索"，由美突然开始啜泣起来，豆大的泪珠一涌而出，弄得我们不知如何是好，但我想她一定是在前面受了什么委屈。

我倒了一杯水递给她，哭泣之后，她的情绪开始慢慢稳定。原来她是刚升入商务舱的新人，对工作流程还不太熟悉，加上日本人特有的性格和语言障碍，商务舱的日本乘客一般遇到任何问题，比如餐食不合口味、广播声音太大等都只会向日籍空乘反映，面对几乎满舱的日本人乘客和他们反映的大大小小的问题，压力随之而来，她只能不停地道歉不断地补救，然而一己之力哪能解决这满舱来势凶猛的乘客的困扰。由美的眼泪晕染了原本精致的妆容，昨日那个优雅地叼着香烟的日本女人已不复存在，此刻，她是一只脆弱的小鸟，拿着纸巾擦拭着心酸又无奈的眼泪，转身之后，却依然还要面带微笑，假装什么也没有发生。

但不知为什么，我很欣赏她，她既有传统日本女性细心谦逊的大雅风范，也兼有现代日本女人狂放热情的桀骜不驯。

无论是叼着香烟，还是低声啜泣，她都是神秘面纱下的同一个人。

一个真实的，日本女人。

东京脉搏

去日本也不是一两次了，造访过大阪4月里的樱花大道和梦回唐朝般的京都城，遇见过奈良会鞠躬的神鹿，还有东京郊区的浅草寺和天空树，却还是心心念念地想要去一个地方，去深入它的心脏，感受它剧烈跳动的脉搏。

东京，世界级的大城市，我对它没有认识，只有想象：闪烁的霓虹灯，川流不息的行人，密集型的建筑，还有爱鞠躬的日本人……出发前，我在旅行笔记上已经按照地图的距离大致标好了想要去的地方，光是看看这些标注的地名，就足以让我兴奋很久。

靠着看《名侦探柯南》学来的几句跛脚日语，在日本混个问路倒是没什么大问题，我信心十足地关上酒店房门出发了。

我一直相信磨刀不误砍柴工的道理，于是来到雨田机场酒店前台咨询，要是换作其他城市最多几分钟就能搞定路线图，而当工作人员拿出东京地铁图时，我差点儿没被这个密集恐惧的线条吓晕过去。也许她早已经习惯了人们的这种反应，所以只是淡定地浅笑了一下，便开始耐心地讲解起来。

这满是不同颜色标注的地铁线图纸，隶属于好几家公司经营，收费自然不同，所以要根据行程制定路线才能不在这个物价贵得可怕的城市花冤枉钱。我只是问了个大概，时间就已经夸张地过去了半小时，而本是去机场问询处购买一日的通票，热心的工作人员用流利的中文向我们推荐了更加经济而专业的路线。酒店前台的制定行程的半小时时间算是白花了，而这边的半小时又在慢慢流失。我在想这东京的地铁图是一块多么硬的柴火，要我足足磨一小时的刀。

拿到通票，我和小伙伴便开始往地铁的方向冲。长长的扶梯直通地下，我正倚靠在右边的扶手憧憬着今天的行程，忽然听见后面的小伙伴一声尖叫，我急忙回过头，只见一个巨大的行李箱正顺着扶梯以惊人的速度滚下来，她身后是一位日本老人写满歉意和无奈的脸，我想他一定是拿失手了。我以迅雷不及掩耳之势抬起左脚，箱子顺势滚下，而 50 米的下方还有一个外国游客站在扶梯的正中间，丝毫没有察觉这来势凶猛的危险。我们嘶吼着，她却没有任何动静，然后便看到那个硕大的行李箱击中她的腿部，她一屁股坐下，腰重重地在扶梯的棱角处磕了一下，扶梯便到了底，她不得不忍着剧烈的疼痛站起来，然后等来了这个行李的老主人。他一边鞠躬致歉，嘴里一边说着受伤者根本听不懂的日语，大家都急着赶路，这件事也就不了了之。事后回想起来都觉得不寒而栗，虽然在日本乘扶梯是靠左站，而当时我并没有察觉，还是按照国内的规矩靠右站，但这个不自觉养成的习惯没想到不仅仅能为急着赶路的人让道，有时候还能救回自己一条小命，我不禁打了一个冷颤，便跳进了通往市区的地下铁。

在如此有限的国土上建立一个发达的国家，少不了那些有板有眼的规矩和遵纪守法的公民。无论日本人民的内心深处藏着多少小野兽，但外表的功夫还是做足了的。而这些功夫，在我看来不是做作也不是伪装，而是一种良好的自我约束和秩序井然。比起在国内乘地铁的那些开着外音看电视连续剧的年轻人或者浩浩荡荡玩手机的低头族，东京地铁上更多的人是在看书或漫画，吃东西的人基本找不到。如果遇到打电话的人，他们一定是捂着嘴小声说话，生怕打扰到其他人。虽然生活在这个神经紧绷的国际大都市，东京人的脸上少了一些周边小城市人的悠然自得，换乘地铁时的脚步也匆忙了些，但人潮涌动的站台里也绝对不需要专门的人来维持上下地铁的秩序。

新年伊始，来明治神宫祈福的人浩浩荡荡，

在繁华都市里还能保留江户时期的古老神庙，相信在所有东京人的心中都神圣无比，这里也自然成了我们第一个落脚点。

这里人多但很安静，古香古色的森林环境被周围的高楼大厦掩映着，一亭一树都有大气磅礴之感。大人小孩在神庙前排着长队依次将

▲祈福的女孩

硬币扔进百叶木箱中，然后许愿击掌，祈福来年平安祥和，最后再到旁边买一块绘马（画有插画的木牌，用于许愿），写上自己的小心愿挂在许愿墙上。我仔细翻看，居然有好多都是咱们中国游客的笔迹。虽然明治神宫在东京乃至日本有着举足轻重的地位，但和我之前去过“梦回唐朝”般的京都相比还是小巫见大巫，只能算是东京一个景点看看罢了。

明治神宫到新宿商业街从地图上看只有两站的距离，我们却足足坐了半小时地铁。刚出地铁口，就被日本美少女美丽“冻”人的短裙光腿打扮亮瞎了双眼。自省一番，我穿了一条薄秋裤外加一条黑丝袜，仍然觉得有些微凉，她们即使把自己的上半身裹成熊，那双腿也一定是要亮在外面的。我想这一定是从小练就的童子功，所以，我和她们毫无可比性。

而那些过了青春期正在向成熟转型的美女，则会搭配一条阔腿裤套一件长大衣，然后露出脚踝，依然美丽“冻”人，但多了些低调的华丽和日式时尚。

一出地铁的感受就只有两个字来形容，那便是“迷茫”，还未霓虹初上的广告牌已经看花了我的双眼，索性把看不懂的地图直接塞进包里，决定破罐子破摔，就让自己迷失在东京街头吧。我俩“饿狠狠”地看着各路诱人的吃食招牌，此时此刻却只想来一个“快准狠”的。我们不约而同地把目光锁定在拉面上。

正当我大快朵颐之时，同伴忽然一本正经地给我科普起来：“在日本吃拉面的一般是单身汉或者大叔，因为经济实惠。”不说不注意，我放眼望去，果然拉面馆里几乎是清一色的男士。她继续补充道：“如果有女生，那一定是女汉子，因为偏爱精致美食的日本女生都喜欢相约料理店或者咖啡馆。”然而在旅行的路上我认为吃饱第一，吃好第二。我看着她笑了笑，

▲拉面馆

继续闷头吃拉面。

冬季的日本天黑得很早，不到5点各大招牌的灯箱就开始争奇斗艳了，我们从新宿一路逛到涩谷，其间问路无数。我们都是逮着日本青年才俊问，运气好能碰到英语说得溜的，运气不好也并无大碍，“截”住他们匆匆赶路的脚步，保持一个舒服的安全距离，以日语开头再用日语结尾，中间全靠英语和手语比画，他们总能出乎意料地憋出几句蹩脚的英语比如“Follow me”（跟我来）带我们捎上一程，到了目的地之后才发现，我们其实并不顺路，领完路，还要相互深鞠一躬。我们并非全靠运气遇上这些好心人的，毕竟过硬的国民素质以及极强的服务意识已经在日本的方方面面得到体现。

涩谷是日本潮流的发源地，和新宿相比，商区的人流明显更加年轻化，那个世界著名的十字路口、相互连通的人行横道、车水马龙的行人……我想，这也许就是我一直在寻找的东京脉搏吧。在这里，过马路也会让人兴奋一把，当绿灯亮起，同一时间与数百人擦肩而过，看他们朝不同的方向离去，每个人都有自己的目的地，脚步笃定。

这个十字路口不仅要亲自过上一次，还值得寻一处安静的地方坐上一小会儿观察。旁边的星巴克正好有着极佳的地理位置，我们看准了二楼靠窗的位置，决定前去喝一杯，无意间我又相中一款日制保温杯，店员更是及时补充道：“如果用新买的杯子盛放便可以免费赠送饮品哦。”我不知道当时到底是被送的饮料所诱惑还是被杯子本身的简单设计所吸引，总之我将其收入了囊中，心里暗喜，仿佛是捡了一个“大便宜”。

坐在二楼看人来人往，品着抹茶与小伙伴闲聊，给快要走断的腿一些自我恢复的时间。我随意说道：“东京倒是整洁这没话说，但为何日本街边并没有看到垃圾桶，他们的垃圾难道都往包里塞？”深藏不露的小伙伴一本正经地说：“在日本扔垃圾是要付垃圾处理费的。”我停顿了三秒，觉得有些不可思议。在中国，大街边无数垃圾桶旁仍然是没完没了的瓜皮纸屑，还有一刻也停不下来的环卫工人，时而还有标语提醒大家要爱护公

▲川流不息

共环境，就连垃圾回收站也会倒付钱给群众以鼓励他们对环境所做的小贡献。但民众的内心戏全然和环境无关，这多少是一笔“收入”，不拿白不拿。我游离的思绪在30秒后被拉了回来。想想日本人也是被逼无奈啊，如此小的国土，如不将资源优化配置，倒霉的还不是自己，千百年前他们汲取了中华民族的精髓和美德，千百年后，我们是否也该反思反思，那上下五千年的文化和优良传统究竟遗失在了何处。我突然恍然大悟，买杯子送饮料原来蕴藏的是一个环保的理念。

也许每一座城市都有一个像我的家乡重庆一样的“一棵树”城市观景台，在东京那儿便叫六本木之丘。我喜欢这个充满诗意的名字，当然这里也有充满诗意的景致。东京的夜景在这里一览无余，不远处就可以看到那个闪着金光的地标——东京铁塔，吸引着成千上万的游人。除此之外，这里也是东京小情侣约会的绝佳地点。我们赶到的时候已经临近关门，硕大的观景台只有我和小伙伴，以及一对小情侣，在看过一天的人潮涌动后，

▲东京的夜

此刻的宁静我实在爱得纯粹，能感受到白天东京激烈跳动的脉搏正在变得舒缓，打开刚从便利店买的梅子酒，我们决定干上一杯和这样的夜色一起沉醉。

对于换乘地铁已经渐入佳境的我们试图赶最后一趟地铁回机场酒店。看看时间，已经接近凌晨，地铁里熙熙攘攘的人，很多都抱着公文包睡着了，脸上写满了疲惫。旅行中我一直秉承着游览不购物、购物不游览的原则，但我想强调，在日本这条原则是可以改变的！我把自己变成了“用生命去旅行”的游人，买了大包小包并不一定会用到的药妆，肩挎硕大的单反，还得提着一颗生怕坐过站的心。

为了避免不必要的头脑风暴，我们在换乘的车站直接逮着工作人员问回程的时刻表，只见微胖的他露出诧异的表情望着我俩，挥挥手连忙说：“收班了都收班了。”我们欲哭无泪，还无法从残酷的现实中走出来，于是又去问了另外一个工作人员，他的英文稍微好点儿，还提出建议说赶紧去打车吧。我和小伙伴对于这样的建议表示难以置信，因为在东京打车等于直接烧钱。可是5分钟过去了，当我们发现这的确是唯一的出路之后便相互安慰着说："还好我们是两个人，起码可以分摊一下车费。"

司机师傅是个50岁出头的日本先生，我们先是有礼貌地打招呼，便开始询问到机场酒店大概驱车的时间和花费，虽然和小伙伴都做好了"烧钱"的心理准备，但还是不希望最后的价格让自己大跌眼镜。司机师傅仔细核算了一下公里数说："应该不会超过两千日元（约合人民币110元）"，听到这个价格我们心中一阵狂喜，甚至有点儿难以置信，我们害怕司机师傅的英文不够好，误把两万日元说成两千日元，经过再三确认，我们才终于安心坐定。快到机场的时候由于师傅不确定酒店入口在哪里便停车下去问人，回来后计价器已经跳出了两千的预计，我和小伙伴并没觉得有什么大碍，本来上车时也只是问一个大概价格而已，没想到师傅竟然毫不犹豫地把计价器按停了，然后还略带歉意地说："实在不好意思，我估计的大约两千日元，现在超了，你们俩就给两千就可以了。"出门在外听到这样暖心的话，我们全身都起了鸡皮疙瘩。在这位先生看来，信用远比多挣那几十元更弥足珍贵。这不得不让我想起在多哈和印度司机讨价还价、斗智斗勇的心酸日子。此刻，对于司机师傅的这席话我真的激动得不知道该说什么好，也只能用行动表达我们对这个平常却不平凡的出租司机的敬佩之情，下车时我们分毫不差地付了多出来的一点儿钱，挤出所有能想到的感谢之词和他道了别。

到了酒店，一颗悬着的心算是落定了，我们提着大包小包等电梯，旁边走来一位提着扫帚的清洁工人，他默默帮我们按下了电梯，然后看着我们吃惊的表情，回以一个温暖的微笑，便默默走开了。我连忙道谢，心中的震撼难以言表。

我想我喜欢在日本旅行不仅仅是因为有琳琅满目的精美商品和保留完好的文化古迹，更多的也许是来源于这时时刻刻被感动着的爱意。

在日本游玩可不能贪心，购物这样严肃的事也必须一气呵成，也许是头一天休息好了的原因吧，小伙伴一大早就精神抖擞地出现在我面前。我吃惊地看着她手里的拉杆箱，一脸鄙视地说：“你这个购物的架势未必也太夸张了吧！”然而事实证明她的决策是如此英明。

日本作为岛国，刺身、寿司以及各种新鲜海产可谓驰名全世界。筑地市场，是东京有名的鱼市，也是日本最大的鱼市，因为靠近银座所以并不难找，只要顺着世界各地的人流和特别的海产味道便可轻而易举找到。这里的早晨从4点多“拍卖”各式各样的海鱼开始。如果你看过《寿司之神》，相信对赶早的拍卖场景一定不难想象。在这里享受一顿鲜美早餐开启完美的一天实在是太合适不过了。海鲜拼盘、黄油焗扇贝、海胆寿司、玉脂烧……大清早面对美食诱惑我不得不启动大胃王模式，想要把最鲜的海产尝个遍，吃不了的还得“兜着走”。经不住诱惑的我还买了鱼片、鱼子酱、昆布以及真空包装好的细鳞红鱼……这些腌制好的熟食不知不觉提在手里已经是沉甸甸的了，早上还在“嘲笑”小伙伴出门逛街带拉杆箱，现在轮到我有好受的了，还好小伙伴有情有义，答应帮我分装。

两小时默默过去了，我们从一开始的兴奋不已变成了后来的视觉疲劳，于是提着半箱海产毅然决然向新宿购物中心进发。用眼花缭乱已经无法形容我们到达时的状态，眼冒金星也许更贴切些。看着满大街宽腿裤的日式潮流，我也想跟风买一条，只是这里的尺码实在是让人情何以堪，因为在美国购物我时常会买加小号的衣物有时候甚至是童装，而在日本我俨然无法和日本美女的娇小身材相比，尺码直接从最大号开始试穿，才能勉为其难把自己塞进去，这边兴致勃勃地试着衣服裤子，心里还在筹划着下午泡温泉的美事，当然结果是显而易见的，在日本购起物来，温泉也只能靠边站，我时刻暗示自己，别贪心别贪心。

虽然两天的时间，48小时，我并不能完完全全感受东京的脉搏，但是不管是这里的美物、美景还是美食，以及人与人之间温暖的人文关怀，都时时刻刻吸引着我，给我无数个再来的理由。

东京跳动的脉搏牵动着世界各地游客的小心脏，就像畅饮梅子酒一般，让每一个来这儿的人都有一种心跳加速的快感。

微信公众号“日本，总有樱花在等你”短片

穿越宋城看最美烟雨

印度室友阿尔玛斯在厨房里倒腾的油炸洋葱熏得我睁不开眼睛，晚上的困意绵绵，更是让我连个文章标题都想不出，只能暂时留白，加上多哈冷得让人绝望的冬天，在这样的状态下，我硬是半个优美的辞藻都挤不出来，即使是记录一个人的中国探索之旅。

说来也奇怪，我从来没有机会一个人在国内旅行，或许是因为我一直都抱着不以为然的态度想“反正是自家领土，想去哪儿玩儿，还不是分分钟的事儿”。

卡航直飞中国的目的地不算多，但也不算少，一共有 6 条：北上广、成都、重庆、杭州。

公司给的杭州班让我有了一次机会，尝试从一个“外国人”的角度去更仔细观察那些我曾经因为不以为然或者理所当然而忽略的中华文化。

人说到了杭州，一看西湖，二看灵隐。

▲灵隐寺的僧人

我虽然并不算是一个真正意义上的佛教徒，但是我一直遵循着佛说禅道的为人处世学，学着宽容，学着热爱生活，学着拥有一颗不以物喜不以己悲的平常心。

灵隐寺是做攻略时朋友们强烈推荐的地方。它是杭州最早的古寺名刹，香客络绎不绝。上山拜佛诉求心愿并呼吸新鲜空气成了我此行的重点。

公司的指定入住酒店在萧山区一个偏僻的叫作闻堰的镇上。因为度假村远离市井，所以同事们大多选择在这里过吃饭睡觉的“腐败”生活。

从郊区出发，得转车、转地铁再倒公交车才能到达灵隐寺，路上至少得花费两小时。酒店前台的工作人员也许是为了图个方便，像对待老外一般对我说：“打车吧，最方便，200块以内就可以到。”这价格从他嘴里

▲摆渡人

说出来就像是菜场一颗白菜那么便宜，但作为地地道道的中国人，一个普通百姓通过公共交通，7 块钱能够解决的问题为何要花 200 块冤枉钱？更何况现在堵车问题严重，抱着节约归己的态度我决定做一次“苦行僧”，坐公交车前往，唯一的问题是要早起。既然是拜佛，心诚则灵，索性烧个早香。我 8 点多到达这里时游人还很少，有种莫名的小兴奋。

灵隐寺被参天古树包围着，林清木秀，鸟鸣山幽。我情不自禁地大口呼吸起这新鲜空气，准备着心中要对佛祖诉说的心愿，不过，同时还得提防着门口前来搭讪的假导游。

我向 5 座神殿一一敬上香烛，再积一点功德，最后拾级而上来到著名的飞来峰准备远眺一番，结果只看到一堆乱石掩映在杂树林中，不知是谁用红色颜料题写的大字——飞来峰顶，便成了人们争相登高一睹风采的著名景点了，着实让我大跌眼镜。这过于造作的景观对我来讲略显庸俗，要不是有这么一个神妙的名字，一定无人问津。很难想象古人之所见，我甚至怀疑自己：“上山的路是否只有这么一条，难道我走错了？”

乘坐两元公交车到了西湖，遇见了那个存在于传奇故事里的一汪湖水。她在阴冷的冬天，显得有些萧瑟。花港观鱼、孔雀开屏、雷峰夕照……面对这些网红景点我并没有一一打卡，而是租了一辆自行车，骑行苏堤，毕竟独行就得有独行的洒脱样。

堤岸两旁的垂柳被冬天这把剪刀手剃成了光头，游客不算很多。湖面上，船夫两手揣进袖管，靠着桅杆，泊船小憩；揽到活的，则卖力地划着桨，载舟客穿桥而过，好一副中国水墨画的写意。

骑着单车，雷峰塔、断桥，这些耳熟能详的地方从我眼前飞过。曲苑风荷的胜景只能属于夏日，冬日里干枯的莲蓬和荷叶让人不禁陷入一种伤春悲秋的沉思，但无论是春夏的繁盛还是秋冬的萧瑟，于北宋的大文学家苏轼而言是“淡妆浓抹总相宜”。不知不觉中便到了夕阳西下之时，因为天色渐晚，我赶紧还了自行车。

再次乘坐两元公交车来到了和坊街，它位于杭州老城区，整个街道是明末清初的仿古风貌。特色小吃、古玩字画、老字号商铺在这里应有尽有。刚到不久，我就听闻不远处传来一种特别的腔调。走近一看，一个穿着青衣长衫的小哥哥站在茶社前正卖力地吆喝着，声音抑扬顿挫。茶社从外观上看，像是一家百年老茶馆，茶单是写在竹筒上的，还有苏州评弹作为背景音乐。我移步二楼，这里更是别有洞天，木质的楼板发出“咯咯”的交错声，墙上的黑牌板子上也罗列着茶单和简介：阴韵乌龙、冷迎霜、八卦茶、水丹青……八仙桌上摆满了水果茶点。一名店小二正在不停地练习长壶斟茶技艺。我是当时唯一的茶客，好奇而欣喜地打量着这里明清风格的陈列摆设，落座没多久，便遇到中央电视台《民间走访》摄制组前来老茶馆拍片儿。这才知道这位小哥要在来年 3 月去央视宣传茶道。

“春风佛面”“怀中抱月”“百鸟朝凤”“鱼跃龙门”……每套动作

都配合贴切的名称和解说词，只见他手持长嘴铜壶，摆出各种造型，隔着很远将滚烫的开水一滴不漏地斟入杯中。我欣赏着他为上央视准备的茶艺表演，感叹：“真是闻道有先后，术业有专攻啊！”要把那么长的壶嘴控制好，准确倒进茶杯，一招一式非一日所成，而要将这古老的技艺一代代传承下来，那更是不易之事。

推开临街的木窗，看着楼下如织的行人，点一壶西湖龙井，闻一闻蓊韵茶香，品一品舌尖点滴，便是快乐不知时日过，虽没遇见婉约的烟雨苏杭，却享了一天难得的悠闲。

杭州是一座需要慢下步子细品的城市，如果非要用一个字来形容，我想她属于：隐。

隐在山色空蒙中，藏于湖光山水之间也。

不期而遇的北京之秋

9月初秋，当多哈依然沉浸在沙漠炎热的夏季，当我对着本月班表发呆，纠结伦敦班之后是否去牛津大学逛逛的时候，我意外地收到了来自班表君的大礼包：迪拜、伦敦、达曼这些活多钱少的航班一并换成了北京的两天休假（在卡航，这种天上掉馅饼的好事简直比中彩票还要少见）。这让我有些难以置信，出发前高兴得几乎没睡着。

雨雾中的别样长城

从4岁开始，到初中，再到工作，每10年来爬一次长城，似乎变成了一件冥冥之中的事。

这天的北京，小雨伴有雷电，我说我准备去爬长城，好友们白眼翻到后脑勺，都笑我一定是疯了，非要在这种天气去。仿佛理所当然，这种户外运动应该发生在艳阳高照的时候，可是我却坚信，这样的天一定会有别样景致。对很多人来说，爬长城，一生一次便足矣，我这每10年的周期性运动连我自己都觉得不可思议。

俗话说：不到长城非好汉。但相信很多游客在重大节假日里来这儿观人潮的旅行体验一定不妙，可能还会发誓赌咒说以后再也不来的气话。

所以，来长城避开节假日是必要条件，要是加上天公“不作美”这个外在条件，那我保证旅行体验一定升级。

果然，当我到达八达岭后更是觉得没有比这时候来爬长城更合适的了。没有拥挤的旅行团，没有喧哗吵闹。只有淅沥沥的小雨，伴着凉爽的秋风，越往高处走越是朦胧，迷雾锁住了洗尽铅华的长城，显得格外淡然，像一幅中国水墨画。中午的时候雨渐渐停了，关里关外十分安静，曾经的烽火硝烟属于永远的过去，血雨腥风沉淀出我们的历史，只是偶尔看到砖墙上，现代人用“某某到此一游”的愚蠢方式记录自己的脚印，觉得很是可笑滑稽。

一对中年夫妻在一个烽火台的高处以公主抱的形式纪念“登顶”，我立马按下快门记录了这一对有爱的夫妻。他们人到中年，老公还能以公主抱的形式举起身材发福的老婆，无论手抖到什么程度，也要坚持到我按下快门，这才是真爱啊！看着这幸福的一家人，忽然觉得连冷酷的长城都多了几分暖心的人情味。

雨后的空气格外清新，我把头稍微探出城墙外一些，风的流动就更大了，耳边呼呼作响。放眼望去，绿意盎然的八达岭，让人简直不敢相信这是北京，新闻里天天播报的雾霾此刻都不见了踪影。在那里我不知逗留了多久，渐渐发现周围越来越安静，转瞬之间，游客早已销声匿迹。看了看时间，已是下午4点。天色开始暗下来，我才慢慢悠悠地往山下走。到了

▲攀爬与下山

门口一问才发现，公交车早在半小时前就收班了。我并没有为如何回程感到焦虑，反倒是更兴奋了，仿佛这种未知的旅程更加让人期待。毕竟已经不是第一次上路了，我淡定地走到马路边上，竖起大拇指（国际搭车手势），俨然一副搭车去旅行的架势。不一会儿，就成功拦下了一辆车，好心的师傅一路把我送到最近的地铁站。因祸得福，我回程只用了 1 小时便顺利到了城里。

昨日重现

自从公司把原本在三环内的酒店换到了郊区的城乡接合部，我们的出行就变得异常艰难，那时还不流行滴滴快车和拼车，我们必须先步行 15

分钟到地铁站，然后，换乘换乘再换乘才能到达市区，时间至少得一个半小时。

北京的地铁像一部五味杂陈的浮世绘，来去匆匆的脚步每天都在忙碌地上演全新的故事。上下班的高峰期，生活在北京的人们无论是西装革履的上班族，还是身着工装的农民工，都会无一例外地在瞬间变身成一条沙丁鱼，努力将自己挤进地铁罐头里。大多数人都是面无表情地耷拉着头。大部分的娱乐来自智能手机里播放的电视剧，或是刷着社交网络上无关紧要的更新，然后在不知不觉中患上各种颈椎疾病。这里几乎没人看书，拥挤成这样，书本也难有一席之地……

我带着韩国姐姐到三里屯剪头发，剪完正要起身离开，忽然，外面电闪雷鸣，下起了瓢泼大雨。夏秋之交，我们赶上了北京的雨季，无奈被困在了发屋，在这下着暴雨的夜里，打车成了又一难题，我们历经半个多小时才拦下一辆出租车。此时已是饥肠辘辘的我们来到了一家涮羊肉馆。

拍去身上的雨水，鸳鸯锅的炉火肆意乱窜着，配上羊肉与豆腐的鲜，在这16摄氏度有些微凉的秋夜，一扫我们因为暴走与等待快要失去的耐性。汤料有些淡，但能在这风雨交加的京城夜晚吃上这顿饭，我们已经非常感恩了。

与其说来吃涮羊肉，不如说是来寻找儿时的回忆。那时，4岁的我跟着爸妈和表姐第一次来到北京，20世纪90年代初期的大中国，在我的记忆里还不是那么堵车。长安街上大都是骑着自行车的人，那个年代的旅行打卡项目是早上四五点起床在天安门广场上看场庄严的升国旗仪式，依稀记得大家齐刷刷敬礼的场景。天安门广场上埋过表姐换掉的乳牙，北海公园里有坐龙船时掉到湖里的凉鞋，这么多年过去了，一场秋雨，唤醒了我儿时最深刻的北京记忆……

飞行、旅行中，我常常被问最喜欢去哪里，但旅行路上，哪有什么最喜欢，同一座城市，不同的时节，又是别样的春风化雨。

不期而遇，收获惊喜。

北纬 37°，拥抱首尔的冬天

和姐姐一起走进韩剧里的汗蒸房

我们公司的韩国组员特别多，是继印度人之后的第二大群体，所以要想拿到一次韩国班，实属不易，4 年半里我也就拿到过两次。

从多哈出发前往仁川的航线很长，去程约 9 小时，回程 11 小时，虽然是辛苦了点，但毕竟让我对韩国的印象从肥皂剧走到了现实里。

印象中，日本美女的标志是假眼睫毛、制服控的可爱风，而韩国美女则是精美首饰加裸妆的 OL（职业女性）时尚。因为同属亚洲国家，剧情里和现实中的韩国其实和想象中出入不大。

2 月的首尔，冷得纯粹，却不下雪，尤其是夜里刺骨的寒风吹过，感觉透心凉，和我成长的城市重庆有点儿像，记忆里堆满了冷的感觉。在这样一个冻得人鼻子发红、走路发抖的天气，我和她一拍即合躲进了一家汗蒸房里。

她是 2009 年和我在美国迪士尼一起工作过的韩国 oni（姐姐），虽然几年不见，大家的变化倒也不大。

对于我来讲，汗蒸最主要的目的不是放松身心，缓解飞行熬夜的疲劳，而是为了求得一张用毛巾做的羊角帽照片。我虽然看的韩剧不多，但这一点却深受影响，于是小伙伴立马用白毛巾熟练地给我做了一个戴在头上，让我瞬间有一种变身韩剧女主角的感觉。试戴之后才发现帽子真正的功效其实是防止汗水流入眼睛。

她说："汗蒸在古代只有王室贵族才能享用，随着社会迅速发展，在民间很快传开，但没想到在中国也那么流行。"

"还不是你们韩剧惹的祸。"我回应道。

说完，我便席地躺下了，摄氏 70 多度的高温让空气散发出草席的自然香气，昏黄的灯光下，两个陌生的韩国男人坐在旁边低声私语，嗓音温柔而磁性，像是一种迷幻乐（因为听不懂）。室外是一群休息的人，席地而坐看着时下最火的综艺节目，时而传来一阵阵笑声。在这样的环境中，我不知不觉进入了舒服而又迷离的状态。

渐渐的，我的心跳加速，全身开始大汗淋漓，从一开始的舒适温暖变得有点儿喘不过气来，羊角帽也被汗水浸湿，有经验的小伙伴赶紧把我叫醒并拉着我走出迷境，她说："第一次体验，不宜蒸得太久，尤其是你熬夜飞完航班，身体比较虚弱。"从汗蒸房里出来，全身流淌着一股热能，韩国的夜在此刻瞬间变得温暖起来。我们加入了综艺节目的大部队。电视放得有点儿高，一群人身着统一汗蒸服，里三层外三层围坐在一起仰头观看，嘴角自带幅度上翘。虽然我听得丈二和尚摸不着头脑，但还是故作正经时不时地和着人群傻笑，感觉很接地气。

在韩剧的网红打卡地买到失心疯

第二天一大早，我和同事：泰国男、波兰妞、小菲（菲律宾人昵称），组成 4 人小分队一起去了朝鲜李氏王朝的政治中心——景福宫，它的地位等同于我国的紫禁城，只是规模上小了很多。第一眼见到它的感觉可以用大跌眼镜来形容。“这哪里像皇宫啊，在中国古代充其量就是贪官的豪宅。”我心中这样想着。建筑风格在我这个门外汉看来和中国传统建筑差不多，御花园里没有花草，全被黄沙覆盖，看起来萧瑟极了。究其原因才知道，这是当时的皇帝为防刺客探其脚印而特意布置的。景福宫命运多舛，过去曾多次在战争中成为废墟，所以我们眼前之所见，其实都是 20 世纪 60 年

▲景福宫的勤政殿飞檐

代后重建的产物。我们在里面溜达完，还晒了会儿太阳才用了 1 个小时。

随后便辗转到附近的纪念品一条街逛了逛，小伙伴就打道回府了。

对于我这个贪婪的人来讲，明洞都没有去怎能算是来了韩国？于是毫不犹豫地和他们道别，拿着地图一路问到了目的地。

这条长约一公里的街道宛如一座巨大的购物商城，受韩剧和综艺节目的影响，让这个地方在中国名声大噪，成了大家的网红打卡地。商家为了伺候好我们这群来自中国“会移动的钱包”，街道两边的各类门店尤其是化妆品店特地配有会讲中文的店员，完全不用担心交流障碍。韩国的物价虽然没有日本那么高昂，却也不便宜，韩装虽好看，购物仍须谨慎，因为随便一家小店的衣服都可以让爱美的你买成失心疯。

走在街头，韩语和中文在耳旁交错，分不清到底是在韩国还是在中国。“这个面膜来一打，喷雾 10 瓶儿，蜗牛膏 5 盒……”不知是谁下手这么阔绰。这年头，代购生意红火，好不容易来一趟的她们，估计是要在这里大干一场了。

在一家店内我看上了一双很喜欢的鞋，但价格有点儿贵，女店员的英文异常的好，服务也很周到，说虽然不能给我打折，但表示可以送两双袜子，可我还是有些迟疑。她得知我来自中国后，就把我交给了曾经在中国待过，会讲中文的韩国帅哥。语言的魅力就是无穷啊，中文这么一说，兴致高涨的帅哥，当机立断给我打了个 8 折，还附赠了一双鞋垫，于是我毫不犹豫地买下了鞋，像是捡到了个大便宜。欢天喜地回酒店。在离开首尔之前美美地睡上 3 小时，为即将到来的 11 个小时的夜航紧急充电。

跳出韩剧，感受接地气的生活

飞越喜马拉雅山，当我再次来到思密达国是几个月以后了。航班上我正在忙着备餐，突然被机长叫到了驾驶舱，弄得我云里雾里。去了才知道，我们此刻正飞行在北京上空，机长闲暇之余在寻觅长城的踪影，而我作为唯一的中国籍空乘他以为多少帮得上忙，所以把我叫了进来。

兴致高涨的机长递过来一张飞行路线图，我拿着图纸在密密麻麻的坐标和路线上仔细研究了一会儿，发现其实并没有真正看懂。为了给自己找个台阶下，我用自我感觉最简单的方式向机长科普："长城嘛其实非常长，跨越好几个省，至于你所指的八达岭长城的具体地理坐标嘛，即使找到了，隔着厚厚的云层，也看不到它的真身啊……"我真想补充一句，"机长大哥，您开飞机，能不能老实点儿。"

第二次来韩国，酒店已被转移到了郊区，使得出行非常不便，还好，在酒店大厅巧遇两位副驾，一位来自塞舌尔，一位来自瑞士，他们屁颠屁颠地加入了我觅食的行列。

我们打车到了附近一条商业街吃韩国烤肉，因为这里不是旅游景区，所以食客们几乎都是当地人，菜单也全是韩文，店里的帅哥耐心地用蹩脚的英文为我们解释着菜单上的烤肉类型：这是牛里脊，那是牛舌，还有这是特色五花肉……在他的帮助下，我们点了满满一大桌，然后迅速放在中间的锅中烘烤，只听见阵阵"滋滋"声，肉里面的油水就慢慢流了出来，中间的抽风机开足了马力。

把烤好的肉片夹在生菜叶里，蘸一点儿辣酱裹成一团入口，叶子的清爽与烤肉和酱汁的浓香搭配在一起，感觉棒极了。我大快朵颐起来，旁边的塞舌尔胖子不会用筷子，吃起来略显笨拙，贴心的帅哥见状立马送上了刀叉。几盘肉下肚，两个大男人饱了，而我感觉刚吃完开胃菜，说要去另一家餐厅吃点儿别的，于是打包了一盒海鲜拌饭才心满意足地回了酒店。他们对我弱小的身躯和惊人的食量感到十分惊愕，不知道该说什么好。

拍一套韩服照是我这次来韩国特别想体验的一个项目。角色扮演已经成为我感受当地文化不可或缺的一种方式。

第二天一大早，我拿着酒店给的地图和广告宣传单来到明洞，开始寻找我看好的那家摄影工作室。途中我半打着手语向一位妆发齐全的大妈问路，她先是分别用韩语、日语讲了一遍，见我仍然一头雾水，最后她问我："你是哪里人？"我说我来自中国，然后她飙出了流利的上海风味普通话，让我瞬间石化了……一个中年大妈，竟能流利地说出三国语言，那震撼真的不只是一点点。

好不容易在一个有些偏僻的街巷子找到工作室，刚松了口气，却发现和摄影师、化妆师完全无法沟通，他们一句英文都不会讲。还好，在计算器的帮助下我们达成了价格上的共识。从化妆、选服装和头饰到出成片整个流水线只用了两个小时，效率很高，当然，也因为去得早所以没排队。

顶着浓妆刚出门就开始下雨，而且还越下越大。但这也阻止不了我去著名的梨花女子大学看一看。这是我一个在韩国留学的朋友强烈推荐的，她说这是全亚洲最著名的女子大学，培养出的人才大部分都是社会精英、女性楷模，关键一点，这里盛产韩国总统夫人。

梨花大学校门口有很多卖串烧的小摊贩，也有气质出众的咖啡馆。园内的欧式风格建筑是灰色调的，显得大气典雅。11 月的秋天，银杏树的枝叶把这里点缀得金光灿灿，远方的树木层林尽染，混合着欧式建筑，宁静、致远。最让我眼前一亮的是那个下沉式的建筑综合体。内设有餐厅、咖啡厅、健身房，还有图书馆，里面橘色的台灯透过落地式的玻璃墙散发出柔和的光，在这入夜微凉的秋天，显得分外温馨。我站在透明玻璃墙外，看着里面认真看书的学子，思绪开始漫无边际地飘飞，感叹美好的学生时代一去不复返，有种时光飞逝如烟的怅然。

5 点整，随着一声下课铃响，同学们纷纷涌出校门觅食，她们中有妆发齐全的美妆博主网红脸，也有还很学生气的素颜，三五成群与我擦肩而过，也不知这转身之间的某一位，会不会成长为未来的总统或总统夫人呢。

回程时，我在漫长的等车过程中和旁边一位卖三明治的韩国大叔搭起了讪。说实话，他的英语比我刚刚在大学里问路的几个大学生要好很多。他说他去过中国很多地方，也有很多中国的朋友，说完，便递过来刚刚煎

▲韩国梨花女子大学里让人眼前一亮的下沉式的建筑综合体

烤好的三明治和类似于卤煮的东西要我尝尝，还特别附了句：免费！

我礼貌地谢过，尝了一口，味道的确不错，可能是因为多了一种温暖的口感。

这时，来了一群上班族将他的小车围成了一团开吃起来，我站在他的车背后，借着炉火取暖，然后默默地用相机记录下了他忙碌的背影。长安车改装成的移动“小商铺”，在这个物价不算便宜的城市用以维持一家人的生计，回想起今天早上8点半，他似乎就已经在这里开工了，或许比我见着他的时间更早，然而他还要工作到晚上9点才可以下班，我看了看表，还有好几个小时啊……

我等的车终于来了，他挥着手笑着用中文说了句：“再见啦，中国朋友。”不知为何，他和他的移动小餐车竟成了我韩国行记忆里最浓重的一笔。

缅甸，佛塔森林中的国家

仰　光

仰光，是佛国缅甸的第一大城市，是一座关于信仰的城。

因为全民信佛，到处可见金色的佛塔，所以这个落后的发展中国家的首都整座城市的主色调是金色的。无论国民生活多么困苦，缅甸人的最大理想却是尽微薄之力把最好的供奉给佛寺，为其增光添彩。也许是因为信佛的关系，这里的人民都很友善，我带着相机一副行者的打扮走在街头，时不时会有小朋友老远向我挥手表示欢迎。

仰光作为缅甸的首都，整座城市给我的印象却还停留在20世纪80年代的中国乡镇级别。没有手机网络信号，更不能奢望无线网络了。人们要是想打电话，只能去小卖部的摊位用公用电话联系。路上疾驰的车辆大都是二

▲友好、拉风的缅甸人

手或者三手的，常常会看到有日文标注的车，才知道这里是日本报废车的垃圾市场。公交车大都没有门，年轻的男子喜欢把自己挂在车门边上，一手抓住门框，半个身子露在车身外面，任由风把发际线吹得老高，看上去很“拉风”。

这里不管是男人还是女人，都喜欢穿长长的裹裙，脸蛋上涂满淡黄色的“颜料”，起初我还以为是与宗教有关，后来才知道这种“颜料”是当地人用一种叫塔纳卡（黄香楝树）的植物树枝制作的特色面霜，不仅防晒还可驱蚊，算是缅甸一大特色。

当然，特色之一还有吃槟榔。晒成铜人的摊主用叶子蘸上一种白色的汁液（蛎灰汁，是一种强碱，用以中和槟榔的强酸），再撒上一些完全无法鉴别的“佐料”然后包成迷你粽子，就成了当地人最爱的零食。不过，

▲涂塔纳卡的女人

吃完之后个个都会变成“吸血鬼”。因为觉得新奇，我停在一个摊位前驻足观看了很久，正巧一个人刚吃完，抬头看到我，送上一个“血盆大口”的笑脸。

早就听同事说作为缅甸第一大城市的仰光，发展程度却非常滞后，整座城市甚至还没有普及自动取款机，外国卡无论是维萨还是万事达都取不出钱来，当地银行也只能提供以美元为主的 4 到 5 种货币兑换，而且要求必须是崭新的纸币，如果稍微有瑕疵便会被折损。所以路边应运而生很多“上门服务”的私下交易。我就遇到一个高中生年纪的男孩，他手里拿着计算器和两沓厚厚的当地币，迎上来问我要不要兑换，说会给我最优惠的价格。看着他年纪轻轻，但招揽业务的手法还挺老练，自学成才的英文语速快跟上我试图摆脱他的步伐，让我不禁感叹社会这所大学带给他的成长。

▲铁头功

记得在来的航班上，有同事开玩笑地提醒，在缅甸旅行不能带钱包，要带麻袋。因为货币不值钱，1000 缅币约 1 美元，随便一换，皮包就鼓得不行了。看着他手里那沓厚厚的纸币，虽然给的价格还可以，但我还是决定先用完手里的再说。

和非洲人民一样，这里的居民似乎都练就了不凡的铁头功。街道上随处可见头顶着一个硕大包裹，健步如飞神情自若的男人女人。

结束完个人的观察行走，我回到酒店稍做休整加入了同事们的 8 人大部队。

大家在明晃晃的太阳下从酒店步行到河边，准备寻觅一家餐厅用餐。可是举目望去却并没有看到酒店前台小哥哥所推荐的餐厅，只看到不远处的铁桥上，有个老汉光着上身悠闲地躺在没有护栏的桥面上休息，稍一翻身就可能掉到河里，看着让人胆战心惊。这时一个提着红布袋子的小女孩正巧就站在我们不远处兜售明信片，在她的帮助下我们才得以找到了那家滨河餐厅。她说她一天都没吃饭了，明信片卖得也不好，大家想了想，我们从多哈到缅甸除了飞机上那点儿“猫粮”几乎也是一天没有进食，能够深切体会那种饥饿感，于是商量了一下，邀请她一起用餐。也许是时差和劳累的关系，我们像一群饿狼一样狼吞虎咽地吃起来，然而同样是一天没吃饭的她，和我们比起来就客气多了，她非常懂得礼仪，性格很是讨人喜欢。

午饭作罢，刚出门，就下起了瓢泼大雨，我们分别上了两辆快要散架的出租车，小妹妹帮我们谈好了前往大金寺的价格便和我们告了别。这时的雨下得更大了，一副要把车冲垮的架势，但司机却非常淡定。同事上的那一辆车，窗门大开着，座位已经被淋湿了一半，只见他们正忙不迭地准备摇起车窗，正摇着，摇杆便脱落了，已经被淋得半湿的他们举起摇杆隔着车窗一边苦笑一边给我们“展示”，然后耸了耸肩，安积木似的把摇杆塞回去，试着摇起剩下的半截车窗，场面真是滑稽又好笑。

到了大金寺，雨稍微小了一点儿。这座高98米的佛塔表面贴满了金箔，是缅甸财富与信仰的象征，在雨水的浸润后，更是别有一番味道。这里有穿着袈裟朝拜的僧人，地位高受人尊敬；也有普通民众，赤着脚穿梭在廊道间；还有像我们这样打酱油的外国游客，端坐在朝拜台上等雨停。

雨过天晴，空气格外湿润清新，走在白色的地砖上，并不觉得湿滑，反而从脚底传来的阵阵凉意让人格外舒心。低洼处，积水漫过脚背，让我想起了孩提时代无忧无虑玩水的情景。我们从一座佛塔转到另一座佛塔，围着它走了好几圈。不知不觉人渐渐多了起来，当地的义工拿着拖把清理起地面的积水，大金寺成了我在仰光见到的最干净、最圣洁的地方。

听说晚上这里会有集会活动，热爱摄影的我决定留下来捕捉晚上集会祷告的盛况。太阳开始落山，紫红色的霞光铺满了天空，看上去神秘而又

▲大金寺的信仰之光

梦幻。随着夜的慢慢降临，人越来越多。穿着淡粉色佛衫的尼姑们已经在佛堂里开始诵经，普通人则提着灯笼或手持鲜花相互紧挨着排成长队将佛塔围了起来迈开步子绕圈。敲锣的、吹号的随着袅袅梵音把大家的步履节奏有效地统一起来，秩序井然，毕竟宗教仪式在世界任何地方都是如此庄重的。塔底的蜡烛台被外围祈祷的民众点亮，每一根蜡烛都承载着一个心愿，摇曳的烛光将金色的佛塔映衬得更加神秘了。

佛国缅甸对我来说文化冲击不算大，因为同属亚洲，在文化上都有相似相通之处，但全民信佛全民拜佛以及心中有佛的坚定信仰却仍然让我为之震撼。尽管这里的人民还处在温饱线上，坐着没门的公交，开着快要散架的报废车，但在他们的眼里却丝毫看不到疾苦和抱怨，只有质朴的笑容和虔诚的灵魂……

蒲 甘

记得我刚入职卡航的时候，在自己环球旅行的第一个记事本的首页罗列出了一些地名，那都是我想要一一打卡的地方。比如去土耳其坐热气球、到约旦游死海、走缅甸蒲甘看一场日出日落……但那已经是2011年的事了。

记事本随着时间的推移也很少翻看，我只是隐约记得写过蒲甘这么一个地名，而对于这个地方的印象源自不知在哪儿看到的一幅美得不真实的日出照片。但关于它的一切都是潜意识的美丽，像星火一样一直等待着燎原。

2015年，我终于等来了这一天。由于机组在仰光有两天的休假，所以我提前预订好了机票，备好了崭新的美元，满怀期待准备出发，前往不到一小时航程的另一座城市蒲甘。航班上，因为说漏了嘴，被一个港妞同事盯上，硬是吵着要一同前往，她变成了我一路的拖油瓶。原本应该无拘无束的旅程变得万分艰辛，现在回想起来我都追悔莫及，始终想不明白为什么航班上工作还算认真负责的她怎么到了现实生活中人设就变成了一摊烂泥。

首先，由于这趟旅行是她临时起意，所以没带足够多的现金，自动取款机自然也是取不出钱来的，眼看前往蒲甘的航班起飞时间越来越近，我们赶紧上了一辆出租车朝机场奔去。刚走到半路，她竟然发现没带护照，我心中那般火急火燎就别提了。还好仰光市区不大，返回酒店拿了护照最终也还是赶上了航班。在经历了极速狂奔后的我们，刚一落座，她便睡死了过去，全然忘记自己身上现金所剩无几的问题。我算了算，即使把我原本充足的现金一分为二支援给她，也是不够花的。可是怎么解决呢？又凭什么她睡觉，我劳神费力帮她解决呢？但为了在到达蒲甘之后不耽误看日落的宝贵时间，我不得不放下所有的不情愿和不满意，耐着性子开始想办法。

于是我扫视了一圈机上的乘客和组员，决定先找空乘帮忙，毕竟同行熟络起来也比较容易。我说明了事情的来龙去脉，她们表示很乐意帮忙，但在这样一个只认美元和英镑的国家，我们手里的卡币算个老几，她们有些爱莫能助。不过还好，在过站短暂停留时，乘务长把机长给叫了出来，我又重新把困难说了一遍，年轻的机长竟然出乎意料地爽快答应兑换。虽然，我对于他将如何处理这些卡币表示担忧，但此刻我也顾不了那么多了，唯一能做的就是多说几声谢谢的话。此时拖油瓶终于醒了，跑来和机长换钱，却发现身上与100美元等值的卡币不够，尴尬地伫立在原地，目光呆滞。而我早已彻底败给了她，不知道她是哪里来的勇气和信心在没有足够多钱的情况下吵着要来一次说走就走的旅行。我心心念念的蒲甘日落在等着我，绝对不容耽误。于是再一次忍气吞声，默默地掏出了身上所有卡币凑够了100美元来避免之后再出现资金短缺的问题。这样一步到位，她就不会再来烦我，真正意义上实现了大家好才是真的好、帮助别人就是帮助自己的社会主义理想。

选对一起旅行的人实在是太重要了，旅行还没开始我就已经被她弄得心力交瘁。但仿佛现在感叹为时已晚，那就暂且把拖油瓶的话题放一边吧，回归正题，蒲甘之旅。

想要穿越，就来这里吧，裹上一身袈裟或者穿上一身复古长裙，在高耸的佛塔之巅，在这个全球十大最美日出日落的观赏地之一享受一段美景。

瑞山陀塔是众多佛塔中被公认的最佳观赏地，也是游客可以攀爬的最高佛塔。斑驳的塔墙充满了厚重的历史感，每一步砖砌的台阶跨度都非常大，得提着裙子，甩开步子往上爬，还得是光脚（爬佛塔需要脱鞋）。临近日落时分，游客们在上面陆陆续续聚集起来。我赶紧找了一个喜欢的视角坐下来，等待、凝望、放空。

此刻，万千佛塔尽收眼底，瞬息万变的余晖洒落在平原之上，铺陈出金色的佛光。摄影爱好者们拼命地按着快门记录分分秒秒，还有的人只是坐在那儿安静地看着，若有所思的样子，不管是什么样的形式，我想这就是他们想要的旅行的样子。

▲瑞山陀塔等待看夕阳的人们

在社会极速发展的时代背景下，在旅行中观赏歌舞表演已经变成一件极为寻常的事儿了，但要想看一场木偶表演，那还得逃离大城市，到乡下来。在中国是这样，在缅甸亦是如此。

我们去到的餐厅正好有这样的特色演出，现场乐队盘坐在凉席上吹拉弹唱，高台上的木偶在一提一线中被注入了鲜活的生命，或唱或跳。表演者的目光全部倾注在木偶上，将所有对故事的感悟都通过一条小小的细线传达给观众。台上正演着缅甸版类似于西游记的神话故事，引来台下阵阵掌声。其中，两个忠实的小观众更是搬着小板凳正襟危坐到了舞台的正下方，看得目不转睛。这让我想起上一次看木偶戏，我还在读小学……

蒲甘之行我并没有提前预订住宿，只能一路走走停停，看上谁家便钻进去随遇而安。45 美金的标间，环境相当不错。我洗完澡在楼下的大堂蹭用无线网络。旁边一个 30 岁出头的美国人热情地拉着我谈天说地，向我讲述他的人生故事，自我介绍详细得甚至让我觉得有些无厘头。“老兄，我已经 24 小时没睡觉了，你是怎么从美国到柬埔寨支教，再借此契机环东南亚之旅来到缅甸我真的没有耐心聆听。”心里这样想着，但还是不忘点头以示礼貌。在神志不清的状态下，他说了什么对我来说都是浮云。不知过了多久，对话（或者说独白应该更加贴切）终于结束，阿弥陀佛！鉴于他有一颗慈善之心，我也善意地提醒他明天的日出时间，不要错过了。又是因为多了句嘴，我一个人的旅行队伍变得越来越庞大。

第二天，凌晨 4 点半起床的我们准备搭乘预约好的马车前往一座佛塔看日出，没想到他和他的同伴居然已经在那里候着我们了。由于他们头一天没有做任何行前准备，所以打着如意算盘想和我们拼乘一辆马车。这黎明前的黑夜在街上的确也找不到多余的马车了。罢了罢了，救人一命胜造七级浮屠，既然来到佛国那就以慈悲为怀，载他们一路，积积善缘，毕竟都是大老远来这里，错过日出也怪可惜的。

天还没亮，连佛塔的轮廓都看不清，更看不清马车驶过后扬起的尘土，周围一片寂静，只能听到马蹄奔跑的声响，这声响带着节奏和韵律，听起来棒极了，像穿越了一般。再一次爬到佛塔高处，看日出的人并不多，估计是因为要起得太早的缘故。大家都尽量保持安静，怕太早吵醒黎明，但四处张望的眼睛仍然掩饰不住内心的兴奋和期待。

形态各异的佛塔星罗棋布地散落在苍茫的平原之上，沐浴在第一缕晨光中，瞬间变得熠熠生辉，耳边是不停歇的快门“咔咔”声。太阳穿过地平线，这柔和的光是我最喜欢的暖色调，自然无须雕琢。渐渐的，冉冉升起的太阳把大地的浓雾驱散开来，远处宝塔的轮廓逐渐变得清晰，蒲甘就这样被阳光温柔地叫醒。

土狗在沙地里舒服地躺着，淡定地看着人来人往，我想这样的景色它一定是见得太多，不足为奇了。日出之后，年轻的马车夫载我们回到客栈

▲驾着马车寻找秘境蒲甘

用早餐，我本以为这顿早餐之后便可和这两个美国背包客就此告别，但没想到他们竟然不知接下来该何去何从。“这些美国佬出行不都该是脑海中有地图，手里有 LP（LonelyPlanet，孤独星球旅行指南）的吗？怎么这两个人就如此随意上路，难不成在等待发掘惊喜和艳遇？”我心里这样想着。然后就听到他们主动提出想要继续搭乘我们的马车的要求。“阿弥陀佛，善哉善哉！”身在佛国怎能不大发慈悲呢。那就好人当到底，我提出让马车夫叫另外一辆马车载他们，毕竟我们不能为了拼车节约区区 5 美元，而累坏了马儿吧，他们可是身强力壮的 American size（美国版）啊。

车夫正在电话里和同伴交涉准备另外调来一辆马车，而此时拖油瓶走上来询问我情况，我刚解释了一半说：“他们想继续加入我们”，话还没说完，她便爽口答应，并让两个老美立马阻止了正在电话中的马车夫。没脑又没

▲阳光

做攻略的港妞哪里想得到一辆马车最好只载 3 个人，这两个老美的加入，估计得让马儿瘦上一圈。其实我也并不介意他们的加入，毕竟大家相处得还不错，语言上也没有什么障碍。只是没和我商量便一口答应人家的请求，也不在乎马儿是否吃得消，这样的同伴真是让我气不打一处来。

中午的烈日格外毒辣，缅甸人的脸上都涂了当地特有的纯天然防晒树脂面膜（Thanaka），马车夫把我们拉到大大小小、形态各异的寺庙游走。规模大一些的寺庙外满是卖纪念商品的摊贩，大多摊位都备有解暑神器——鲜榨甘蔗汁。他们把脸盆大的水冻结成冰，用铲子凿成一小块放入透明玻璃杯里，再倒满甘蔗汁，看游客们站在那里一口气喝完，发出“啊”的舒爽声，然后乐呵呵地将“银子”装入口袋。

玫红色的蔷薇花在褐色的砖墙上肆意伸展开来，我们来到一座不知名的庙宇，马车刚停下，一群兜售明信片的小朋友便一拥而上。他们七八岁的年纪，把我们的马车团团围住，我们友好地拒绝，他们也并没

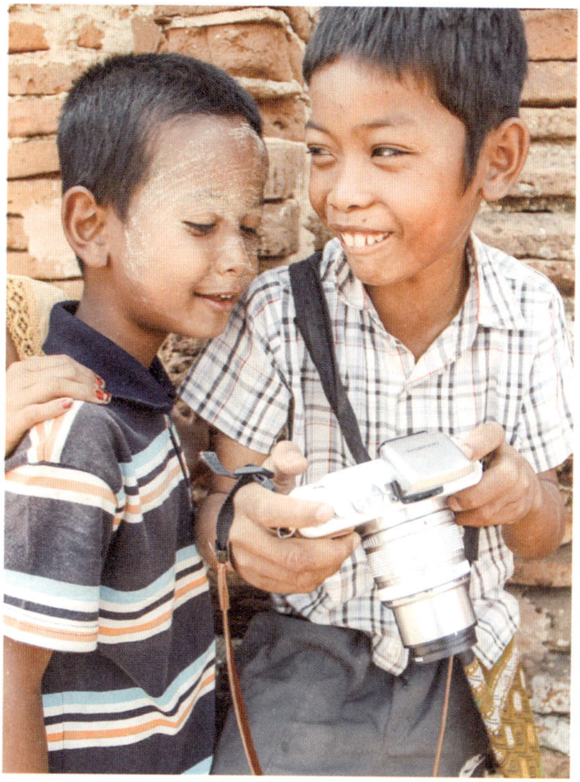

▲宁静的佛塔，风烛残年的红色砖墙因为他们的到来和嬉戏一下子变得鲜活而富有生命力了

有感到特别失落，而是和我们一起登上了庙宇玩耍。一会儿挂着满满的笑脸在我们的镜头前毫不怯生地摆出姿势，一会儿齐跳红极一时的韩国江南 Style，逗得我们哈哈大笑，然后一眨眼的工夫又窜到了塔顶开始盘腿冥想。

宁静的佛塔，风烛残年的红色砖墙因为他们的到来和嬉戏一下子变得鲜活而富有生命力了。孩子们虽然贫困，兜售明信片的生计也被我们婉言谢绝，但笑容里透出的依然是对生活的希冀，直到我们坐上马车，小朋友们才骑着比他们还高的自行车离开。

另一座寺庙的红袈裟小和尚也是古灵精怪，头被剃得光光的，满脸稚气，一副少不更事的样子，手里还拿着一包零食准备和他的哥哥分着吃。

就这样，我们一路游历，用自己的语言向佛祖祈祷。

感恩多年前记事本上的蒲甘变成了真真实实的记忆画面。

感谢马儿波比布超负荷的辛苦奔走。

也感谢这束信仰的光，照着一路前来瞻仰的世界各地的人们。

来越南当百万富翁吧

飞机还没降落，我与乌克兰美妞喀秋莎已经迫不及待地讨论起下飞机后去干什么。她撩一撩金发，打广告似的说：“我知道市区有一家集按摩、美发、美甲于一体的沙龙还不错，而且超级便宜哦。”

我好奇地问：“那上次你花了多少钱？”

她掐指一算，得意兮兮地说：“很便宜，才一百万。”

我们相视一笑，回应道：“这口气，你果然是中东来的土豪，佩服佩服。”

毕竟这笔数目在中国，有多少人一辈子也不一定能挣出来啊，但是在这里，随便一个普通人都可以轻松实现这个目标。所以来这里当百万富翁吧，这个地方叫越南。

人民币兑越南盾的汇率约为 1∶3312。我用 600 元人民币就兑换了近两百万越南盾，摇身一变成了“名副其实”的百万富翁，然而我还没来得及自我膨胀，享受这种当土豪的感觉，已经被纸币上无限多的零弄得头昏脑涨了。

两年前做的旅行攻略还没来得及翻看，我已被喀秋莎领着来到了那个超值沙龙，体验了全套越式热石按摩和洗剪吹，直到日落才结束。对于几乎所有的卡航空乘而言，美食、美甲、美发、看小电影等放松、休闲的节目是飞亚洲班，尤其是前往东南亚地区的标配。我随后又跟着她路过了很多地标建筑：中央邮局、红教堂。难得遇到一个熟门熟路的活地图，真是省时又省心。

我们吃过路边摊，饭后走走，谈天说地，路过别样风景。广场上聚集着一群赛街舞的年轻人，他们的青春朝气，不禁让我回想起我在大学跳街舞的时光；还有在路边小板凳上坐成一排喝夜咖啡的男男女女。处于社会主义发展中国家的越南虽然谈不上富裕，但是这般市井夜色是如此富有生气，让生活在中东沙漠国家这些年的我羡慕不已。

我们在一个开放式的酒吧落座，这里没有门和窗，面朝步行街的小圆桌上放了盏烛灯。火光不紧不慢地摇曳着，像极了这夜晚舞动的旋律。看着路人甲乙丙丁川流不息，后门吧台的橘色光晕把氛围烘托得格外温馨，借着一杯金汤力（一款鸡尾酒）让自己与这座城市一起微醺。

比起在多哈买酒需要办酒证，喝酒只能去高档酒店的条条框框，这里可是便利许多。在中东尤其是海湾国家，不仅酒价贵得惊人，而且去酒店喝酒还要出示证件（保证年龄在 18 岁以上才能合法饮酒），然后花上 50~100 元卡币（约 80~180 元人民币）办理会员卡才能入内。我虽不好酒，但受管制的感觉终究让人觉得难受。所以在多哈喝酒，大家都像是去参加酒会晚宴一般浓妆艳抹，盛装出席，可不像这里，小酌怡情来得这么随意。

我和喀秋莎激烈讨论着世界各地酒文化的话题，她好像忽然灵感大发，激动地说："要不我们去探索一下越南人民的酒吧，怎么样？"

"探索""发现"，我喜欢这两个词。说的不仅仅是事物，还有人物。从建筑看历史，以人文看当下，民风淳朴的越南人民到了晚上又是怎样一个鲜活样呢？为了满足好奇心，我和喀秋莎一拍即合，换场，出发！

在越南，二八现象非常明显，经济差距大，使得这里的治安不大好。

▲和乌克兰妞一起，借着一杯金汤力与这座城市一起微醺

我们来到的这间酒吧里，有一个宽 1 米，置入天花板的四方形柱台，每面都有警察站岗，还有其他警察在舞池里排队巡岗，少说也有十几个警力。对我这个初来乍到的游客来说，算得上是越南酒吧的别样风景了。关键是舞池里的男人女人能自动屏蔽掉这些制服警察的存在，随着鼓点的节奏继续搔首弄姿，功力实在了得。

不知是因为战争的影响还是其他原因，当地姑娘们的身材个个都非常娇小，小蛮腰细得让我不禁对着喀秋莎连连感叹："即使我天天去健身房，恐怕也赶不上她们的 A4 腰。"

大多数人来这里买醉的表象下也难以掩饰他们脸上不经意流露出的同一种表情，用一句歌词来形容便是"孤单，是一个人的狂欢；狂欢，是一群人的孤单"。

乌克兰妞点了根烟，抽了几口说：“我们还是出去走走吧，至少说话不用大声吼。”

凌晨的胡志明市安静了许多，偶尔抬头还可以看到星星亮着……

地道战对于我们从小就受爱国主义教育的中国人来讲绝对算不上是新鲜事，但或许越南的地道战会有什么不同呢，带着这样一颗不易满足的好奇心，我一大早 7 点就爬起来加入了一个散团，前往著名的古芝地下村。

这是在 20 世纪 40 年代抗法战争时挖掘的，在后来的越战中得到急剧扩张。地道里有水井、粮仓、会议室、卧室，甚至还有医院等，是一座功能齐全的地下城市，最远处几乎可达柬埔寨边境。

和中国的旅游景区没有太大差别，导游百无聊赖地重复着每天不知道要说上多少遍的台词，路过他已经走过了无数遍的地道口，他甚至连看一眼都已经不屑，只是带我们匆匆掠过。然后来到一架战争坦克遗迹前，他说：“你们快去拍照，不然下一队人马就要挤上来了。”随后便是一行人一窝蜂上前“咔咔咔”迅速按下了快门的声音。“好，我们现在去下一站……”导游手一挥，大家又屁颠屁颠地跟在后头，这场面倒是颇有几分打游击的节奏。

在地道遗址里还专门开辟了一段战道供游客体验。地道又矮又窄，只有弯腰屈膝才能挪步前进，身材娇小的尚且还能通过，体格壮硕的只能在入口处观望观望了，很难想象当时那些游击队员在这么一个狭小的空间里一待就是几个月，是怎么生存下来的。

虽然听当地人说市区时不时有摩托飞车贼的抢劫事件发生，但绝大多数越南人还是很友善的，他们都是“百万富翁”，这不仅仅是因为他们的钱币上让人数得头昏眼花的零，还有他们生活的充实、市井气息的浓郁和人生的随心随欲。

中东土豪们来越南当百万富翁吧！也许这里会有不曾感受，但又向往已久的自由。

这个印度人不太冷

对于这个印度三姐的印象已经超出了我对于吉隆坡的印象。

你也许会问："那究竟是什么印象呢？"

我虽没去过印度，但入职卡航，室友来自新德里，一半以上的同事以及大部分乘客来自印度半岛连中东石油天然气大国卡塔尔的首都多哈，都沦为了小印度，要说印象，非要用一个不怎么带偏见的词汇，那便是"深刻"。无论是执行印度航班还是和该国组员一起飞，大家只要听到"印度"二字，便会全身发麻，不自觉地打两个寒战，尤其是在中东航空的圈子里。这个来自摇头国的人民，那永远捋不直的舌头说着一口浓烈的咖喱味英语，散发着浓重的"体香"让我们是既"恨"之又"畏"之。

旅行中，一向特立独行的我如果没有遇上志同道合的同伴，便会毫不犹豫地选择一个人出行，这次在吉隆坡的驻外休息本就是如此安排的。航班上那个来自印度西北角小村落的三姐，无比积极地要拉着我一起出游，鉴于她工作时跑腿快、眼力劲儿强、团队精神表现良好，我决定豁出去试一试。

在飞完10个小时的航班之后，出行购物绝对是一种挑战。带着我们已经无法正常思考的大脑下错站，等错站台，历经重重波折终于平安到达市区。一路上，借着这个话题聊开去，我们分享起自己因为长时间飞行，导致大脑缺氧无法正常运转发生的糗事相互安慰。

我说："记得有一次是刚飞完一个超长的美国班回到家，当时的头等大事就是卸妆睡觉，由于这种愿望太过于迫切，我拿起一张卸妆棉倒了'卸妆水'就往眼睛上一盖一擦，随着'啊'的一声尖叫，我立马被自己惊醒，眼睛是一阵火辣辣的灼痛，我赶紧冲到厕所清洗，随后才反应过来我倒的不是卸妆水而是卸甲油。"

她不自觉地倒吸了一口气惊叹道："简直难以想象！"

接着她也毫不顾忌地聊起了自己的糗事："同样在飞完一个长航班后，那天觉得状态不错，我饶有兴致地回到家准备洗衣服，手里抱着衣物，却默默地打开了冰箱的门……"说得她自己都笑了。

从机场酒店到市区这一小时的火车车程，有个小伙伴聊聊天相互打发时间也是不错的。我们本是来市区购物，但因为目标不同，最后决定分头行动。

有了头一天出行的零压力陪伴，第二天的黑风洞之行，我们自然成了搭档。这天，她画了一条很深的下眼线，这是印度教的特色妆容，但看起来有点儿凶，还搭配了一条打眼的黄色连衣长裙，看样子是要去摆造型拍照的架势。在酒店大堂见到我，她便笑脸相迎，主动打招呼。虽然我一直很怕和素食主义者一起，因为无法在美食上达成一致，但她似乎也看出了我这点儿小心思，还没出门就告诉我："虽然我不能和你一起分享美食，但你想吃什么肉菜就尽管吃，不用顾忌我太多。"这般贴心和冷艳的外形形成了鲜明的对比，我心想：今天这趟出行应该也不会差。

黑风洞，听起来像是《西游记》里西天取经打怪兽的某一个章节，实则是距离吉隆坡中心13公里的石灰岩洞穴，也是马来西亚印度教的圣地。

▲湿婆神的儿子

入口处的金色雕像是印度教三大神之一湿婆的儿子。而一旁的猴神哈鲁曼则是一身绿皮肤，我看着这个奇怪肤色的猴神哈哈地笑，小伙伴简单地解释道：“在印度教里神灵的肤色一般都为绿色或蓝色，他们认为黑色是魔鬼色，代表着不吉祥。”这个话题牵扯的内容有点深奥，我似懂非懂地点点头。

话说这神猴虽然只有个雕像，但满山的活猴子倒是给这里增添了些许灵气，像是来到了孙悟空的花果山。我们拾级而上，发现一只母猴肚皮上挂着一只小猴子，它手里拿着刚刚从爬山游客那儿劫来的香蕉津津有味地吃着。早就听说在这里走路要小心，手里可不能拿任何食物，否则这些活猴神可不会手下留情，统统要你拿来“供奉”。就连路人被吓掉的七喜，它们也不会放过，用嘴先咬个洞，再顺着水流舔一路。

虽然我俩在饮食上无法达成一致，但对拍照的狂热却谁也不逊色。她拿的是一部三星手机，只需要巧妙地构图，拍照毫无难度，我为她捕捉了很多与猴神的合影，她很是满足。可我的单反一开始却让她犯了难，但她非常耐心地看我演示，用心学习，她能有这样的态度，我已经很满足了，至于拍成什么样，已经不重要。

下了山，在这个天气热、湿度大的地方，没什么比喝一杯冰镇椰汁更爽口的了。茶歇间隙，回看照片，连她自己都感叹摄影技术有了很大提高。一路游下来无论是在购物还是饮食的话题上，我们都好说好商量，有效的沟通让文化差异、饮食习惯统统变成了浮云。

关于印度人、素食者、咖喱味……“傲慢与偏见”的词汇在她的身上被漂白,也许生活中的傲慢与偏见会随着遇到的人和事发生潜移默化的改变。

所以我想说：这个印度人，不太冷。

泰国，我“泰”爱你

在没拿到中国班的月份里，班表中任何一个意料之外的亚洲班对我来说都是一种慰藉。因为至少可以犒劳一下我可怜的中国胃。

泰国是我所飞众多航线中去的次数最多的国家，少说也有十几次吧。从第一次像捡到宝藏一般格外兴奋，激动得想把它游览遍，到后来任性地只是去某个喜欢的餐厅喝一碗冬阴功汤，吃一盘木瓜沙拉，或是只到泰国有名的水疗连锁店——Healthland（健康美地）找“御用”按摩师舒筋活络一把。

我第一次飞泰国，是在一个4月天里。北欧人还裹着围巾，亚洲人刚开始踏青，而泰国人已经把汗流得酣畅淋漓。这个季节的曼谷，最高气温直逼40摄氏度，最低气温也在30摄氏度左右，是一年中的最热月，只可惜我是在月底来的，没能赶上每年4月13日开始，为期3天的泰国新年——宋

▲佛都曼谷

干节（泼水节）的盛大庆典。

我们机组一大早到达曼谷，刚出机场就能感受到它扑面而来的湿润气息，为熬夜一晚上的皮肤补足了水分。

如果说，到欧洲是看教堂敬耶稣，那到亚洲就是观寺庙拜大佛。

泰国是世界上的佛教国家之一，而曼谷又号称“佛都”。这一点从素万那普国际机场处处展示的佛教绘画以及供奉的佛龛神明就能让来访的人第一时间感受到。

曼谷市区更是佛寺林立：金碧辉煌的大皇宫、庄严肃穆的卧佛寺、雄伟壮观的郑王庙……红、黄、绿相间的泰式鱼脊形庙宇，凤头飞檐的屋顶，还有镶嵌着像碎玻璃一样的彩色瓦片佛墙，反射着五彩斑斓的阳光，让庙宇佛堂显得更加熠熠生辉。时而有身着橘色袈裟的僧侣出现，更显神秘的东方气韵。在泰国人的眼中，这些佛教徒的地位是至高无上的，相当于我们的高级知识分子。普通家庭中若是有男丁能入寺修道，实践僧侣生活，可以是短短的三五天，也可以修行数月，之后便是整个家庭修来的福分和引以为傲的谈资。所以卡航一些来自泰国、缅甸的男空乘也有少部分是“和尚”出身。

参观佛寺一定要注意穿着得体：衣服要有袖，裙裤要过膝。若是穿得袒胸露背，其实也没关系，因为寺庙外通常有很多小摊贩兜售丝巾或长裙等遮盖物，这也是随着旅游业的发展应运而生的一条成熟的产业链。

我和波兰同事贪婪的脚步将曼谷排名前三的佛寺一一丈量完，行走一圈下来最大的感受竟并不是佛寺的雄伟壮丽，而是感叹旅行团真多，大部分还都来自中国。

我们在湄南河边上了轮渡，准备回到曼谷市中心。上船前因为口渴在渡口买了个硕大的椰子抱着喝椰汁，船没驶出多远，椰汁就被我喝得精光，我托着空空的椰子壳抱怨地对同伴说：“哎呀，这空壳真重啊，好想把它扔掉。”话音刚落，只听见“啪”一声，波兰妞用手重重地拍了一下我手中的椰子壳，椰壳“扑通”一下落入了水里。“啊，掉水里了。”我叫出了声，把头伸出了窗外，它已经沉入水里没了踪影。我不解地看着波兰妞，她却淡定地解释道：“不是说想扔掉吗，我帮你拍到水里，既自然又环保，鱼儿们可是有好吃的咯。”对于她的解释我哭笑不得。

市中心的高楼大厦，霓虹灯下的车水马龙，大城市的拥挤，似乎哪个都市都是雷同。在40摄氏度的高温里走了一天，喝过了无数杯便宜又鲜榨的橘汁、柠檬汁、椰汁、菠萝汁之后，我还是拉着波兰妞躲进了商场，觉得还是要配合商场的空调才能把舒畅发挥到极致。当畅饮的鲜榨果汁都变成汗水流尽，还有什么比来一场泰式按摩来结束一天行程更惬意的?

航班上，我从泰国同事那儿打听到了一家拥有5星级服务，性价比极高的水疗中心，这里的按摩师都拥有正规的执照，环境也非常干净卫生。我们来到一个二人间，换上睡衣便扑倒在舒服的日式榻榻米上。按摩从脚

▲五花八门的热带水果

指头开始到头顶结束。捏、拽、揉、按、摸、拉，柔道式大背挎，十八般武艺让每一寸紧张肌肉都舒展开来。也许是因为烈日之下一天的暴走，按摩师“生拉硬拽”的重口味按摩手法让我彻底地放松下来，我竟然睡着了，要不是她叫醒我翻身，我估计今晚会留宿于此的。

不知不觉两小时过去了，按摩师双手合十用浓郁的泰国口音说了句“Finish”（结束了），然后悄悄退下了，我和波兰妞在各自的榻榻米上赖了会儿床才慢慢悠悠地爬起来。

我们用450泰铢（约100元人民币，现在估摸着价格已经被中国旅行团抬高了）体验了一次最传统的泰式按摩，短短两小时感觉精气神恢复了不少，离开时不忘给小费以示感谢。

泰式按摩是古代泰王招待王家贵宾的最高礼节，如今也成了一份宝贵的文化遗产。

吃、喝、玩、乐。来泰国，就该对自己好点儿，不是吗？

非常泰国

“听说公司要换新机型飞泰国了，还是新出的波音 787 呢！”同事们在公司热烈地讨论着。

“波音 787？？？完了完了，我还没培训这个机型呢，看来很快要和冬阴功汤、泰式按摩说再见了。”我心里默默念叨着，然后赶紧在公司系统里申请最后能飞的几个泰国班。

还好，我拿到了！

如果说第一次去泰国，重点是打卡名胜古迹的话，那这次算体验人文气息。

其他旅行者我不知道，但照一套“泰国公主照”一定是卡航机组同事们来这里的必修课。到达的当天下午我就冲到市区 MBK 商场（曼谷大型购物商场）照相，这并不是什么高大上的摄影工作室，背景是老三篇的样式，可一旦穿上他们浮夸的公主装，摆出一副妖艳的姿态，就算是一张欧洲面孔，也会显得非常泰国。拿着快洗的照片在航班的工作闲暇时向同事们“炫耀”一番，又会有另一拨同事前来打卡。

我在他们店门口正襟危坐，老板娘递来一本字典一样厚的样册，面对这金光闪闪的样片儿，我硬是选了半天也没有一点儿眉目，样片实在是太炫太多了，真没想到这老式简单的背景，在摄影师的排列组合之下也能玩出这么多花样来。就在这时坐在我旁边的一位女店员忽然凑了过来，把手指向其中的一页，用浓重的泰式英语说：“你穿这套金色的吧，绝对错不了。”

我愣了愣，咦，不对呀，这分明是个男人的声音，我上下打量一番再定睛一看，身材那叫一个好啊，妆容也格外精致，假睫毛飞天翘。我恍然大悟：“哦，原来这就是传说中的退役人妖。”

▲泰国公主角色扮演

在“她”的帮助下，我选择了那套金色的泰国传统服饰，根据服装的颜色，“她”为我定制了一款妆容，戴上“千手观音”式的指套，煞有介事地开拍了。

这里之所以受到同事们的好评，除了能有一套纪念照以外，更能同时体验人妖化妆的待遇，而且一小时内就能取照片的高效率更是为我们这群来去匆匆的游客提供了便利。

夜里我加入了三个泰国同事的行列，被他们带到离酒店不远的一处夜市用餐。这里的街道两旁摆满了小摊位，兜售的商品更是五花八门：从服饰到小吃，从大家喜爱的芒果糯米饭到重口味的油炸昆虫……看得我眼花缭乱，我们进了一家几乎只有当地人落座的餐馆，菜系属于泰国东北风格，面对一字不识的菜单，我把这个重任全权交给了小伙伴们。

他们三下五除二，咖喱烧鹅、青木瓜沙拉、烤猪皮、沙爹、柠檬虾和清蒸鱼……铺了满满一桌，再配上一碗糯米饭。和当地人共享晚餐，这在旅行中机会并不多，所以感觉棒极了。

饭后，同事说要去一下附近的佛龛拜佛，我自然是非常乐意一同前往。还没走几步路，就看到一个约20平方米的开敞式正方形台子，上面镶有瓷砖，需要赤脚才能踏上，佛龛就摆放上面。在佛国，拜佛是一件很家常又意义重大的事。人们路过，或是茶余饭后闲时，只要附近有这样的设施便会前来供奉。拜佛除了传统的香烛以外，还有鲜花。因为人们爱花，这里又盛产花，所以周围都是花摊。此时，三五个人呈跪拜状双眼微闭正虔诚地祈祷着，心境很是平和。

佛文化在泰国民众中的影响相当深远。尽管他们大多还处于温饱线状态，但对于那些生活不如意的底层人来说，会自认为是因为修行不够。他们羡慕有钱人，但不嫉妒，只会理解为有钱人是因为前世的修行好。所以在泰国，人与人之间都很友善。见面会行浓厚佛门色彩的双手合十礼，而这也是有讲究的：于胸前，是长辈对晚辈的还礼；于鼻下，是平辈之间使用；于前额，则是晚辈向长辈行礼；若是双手举过头顶，则是在参拜泰王时才用。听起来虽然有些复杂，但融入当地之后，这些随处可见的礼仪也不会让人觉得陌生。向对方道一声“刷我的卡”（音译，泰语是“您好”的意思），是一件多么简单又能拉近距离的问候啊！

“我们接下来去考山路吧。”同事A提议道。

“考山路是什么？在哪里……”我还没问清楚，便被三个小伙伴拉上了一辆电动三轮车（Tutu）。到了这儿才知道，的确无须过多解释便一目了然。这里是曼谷最为热闹的夜市和食市之一。400米长的主街被酒吧、小吃摊还有极具规模的路边按摩摊填得满满的。点一个香蕉口味的飞饼，摊贩一边甩飞饼一边收钱，那些假爱干净的老外照样吃得津津有味。我们在一个露天的小酒吧落座，音乐声震天响，很明显是在和对面的喇叭PK。喝醉的老外们拿着酒开始在街上随着音乐跳舞，和朋友跳，和陌生的路人跳，每个人脸上都带着“我终于可以在这里鬼混一晚不用着急赶路”的兴奋表情。像是在上演街头浮世绘，似乎什么样出奇的人都能够在泰国找到，男人画着比女人还精致的妆容，女人穿着比男人还炫酷的衣服，没有人有权对他们指指点点，因为这是泰国，是他们的产业，更是他们的文化。

来泰国干吗？不就是为了体验一把吗！

因为听说距离曼谷一百多公里处有一个名“丹嫩沙朵”的水上集市，在那儿可以领略河边水上人家的生活，感受水上交易市场的特色，所以为了一睹真容我只睡了3个半小时就起床了，没想到却成了一趟乌龙之旅。

地铁换两次轻轨，再乘公交车的复杂路线且不多说，当我到达目的地时竟然只看到一条空空的河上泊了几条空船，岸上倒是有些水果摊什么的，我赶紧打开地图再模拟泰语的发音试图寻找一个可以为我解释的人。而现实是残酷的。好心人告诉我，这的确是水上集市没错，但只在周末开放。“水上集市有好几个？”我简直不敢相信自己“跋山涉水”扑了个空的事实，却又无可奈何，出门在外哪有一帆风顺的事儿哦，我默默地叹了口气。一辆卖水果的移动小推车正好驶到了面前，才想起自己还没来得及吃早饭呢，旅行的时候真是拼，于是买了刚切好的菠萝作为早餐。此刻，回程的公交车正好停下来，我顺势拦下。还没等我上完第二步台阶，司机师傅便轰了一脚油门。这辆中国20世纪80年代样式的公交车飞一般地跑了起来，差点儿把我甩飞出去。我踉踉跄跄地寻到一个座位，乘客们向我投来齐刷刷的好奇目光，上下打量着我，仿佛在问：“这人皮肤有点儿白，肯定不是当地人，怎么会出现在这里？还坐公交车，来旅游的没有像她这样的呀。”

说实话，此刻我连要下车的站名都说不清楚，售票员更是一句英文都不懂（当然我也没有指望），幸好旁边有好心的年轻人帮忙翻译，才得以到达目的地。

我再次倒了两次轻轨和一次地铁，回到酒店补眠，结束了这非常泰国之非常体验。

斯里兰卡鱼市

谁没有见过鱼?

谁没有见过卖鱼的人?

凌晨4点到达斯里兰卡，同事们都合计着睡醒了下午一起去吃海鲜，机长问我干吗去，我说我马上去早市看卖鱼，他听完之后瞪着硕大的眼睛百般不解地说：“你是有个渔民男朋友，还是迷恋他们身上的味道呢？”

本是一句玩笑话，也没有必要和他较真儿往心里去，脑海中只闪过一句话：别人笑我太疯癫，我笑他人看不穿。于是顺着他的意思应和，然后扬长而去。

去斯里兰卡尼甘布海边感受海鲜早市，已经成为旅行者的一个重要目的地。每天从凌晨两点开始到8点结束，一年中除了满月海水涨潮，按习俗不宜出海打鱼以外，平日这里都热闹非凡。

▲生龙活虎的鱼市

虽然因为飞行已经熬了一个通宵，但这破晓前的黎明多少给人一种莫名的兴奋感，我竟没有一丝困意。凌晨5点，我激动地出发了。穿过还在沉睡的市区，20分钟的车程来到鱼市，眼前一派生龙活虎的景象：一箩筐一箩筐的小鱼、小虾、乌贼、海蟹堆满了摊位，白色泡沫箱子分门别类地装着我叫不出名字的鱼类，那些巨型大鱼干脆摆在地面上。穿着雨靴围着计算器盘算的伙计、在吊灯下拿着账本忙碌记账的鱼贩，卸货的、称重的，还有乐此不疲讨价还价的买主们，每一个人都干劲十足。

一拨手持“长枪短炮”摄影装备的旅行者穿梭其中捕捉这生龙活虎的卖鱼场面。质朴的斯里兰卡人民早就习惯做一个安静的群众演员，每每面对镜头总是配合地奉上满满的笑脸，有的演技爆发甚至会抓条鱼当

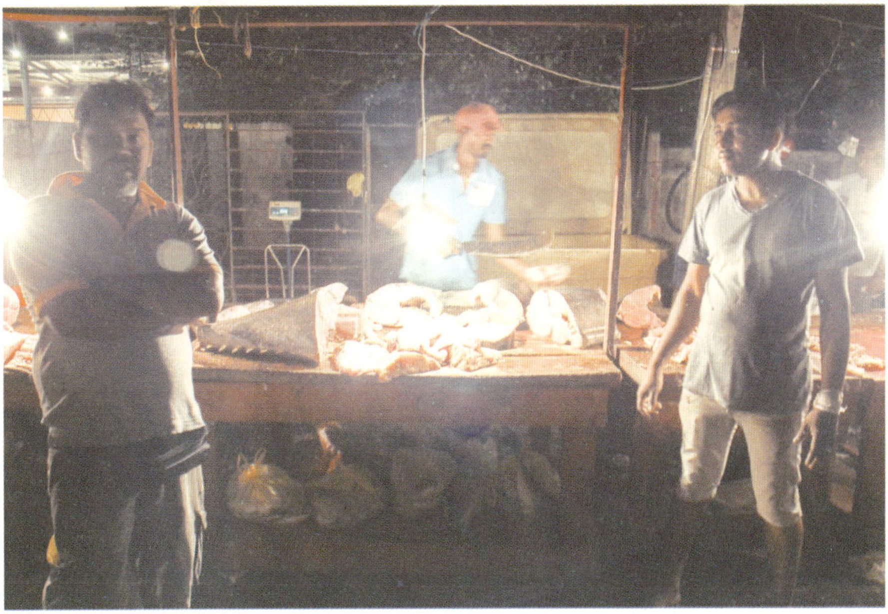

▲鱼市的交易

道具摆出滑稽造型。我被这样鲜活的早市感染得更加兴奋，钱包蠢蠢欲动，总想也买点儿什么，但生鲜海产似乎并不适合长途运输带回多哈。这时，我发现路边一个老妪正熟练地凿开椰子作为特色“早点”，我赶紧上前照顾生意，也许在这样的热带岛国，椰汁才是开启一天的正确方式。

穿梭其中，我捕捉着他们寻常一天里的平常交易，也把旅行者和他们镜头里的鱼贩编成了自己相机里的故事。镜头里的每一次微笑，都是一阵暖意。

打鱼船就停在 10 米开外的码头边，随着海浪上下摇荡。水手站在船舷上正和岸上的人积极配合卸货。一勾，一拉，只听见“啪”一声，一条大鲨鱼重重摔在岸边。陆陆续续卸下来的还有体形巨大像蝙蝠一样的魔鬼鱼，游客们不约而同的尖叫声让他们自豪感爆棚，胸脯挺得老高，脸上是毫不掩饰的得意表情。我正站在船边从各个角度疯狂取景，一位

▲与鲨鱼宝宝的亲密接触

友好的渔民伸出黝黑的手把我拉上了他们的渔船，然后热情地向我展示船舱里的乾坤：原来甲板上有一个正方形井口，下面是个巨大的冷库，打上来的鱼都存放在里面。虽然斯里兰卡气候炎热，但破晓前的冰凉海水还是可以起到很好的保鲜作用。我把头探了进去，一个渔民正在下面忙着传货，抬头见着我，便是一个大大的笑脸，快咧到耳根子了，昏暗的冷库里衬得那双眼睛更加炯炯有神。

我站在甲板上随着海浪起伏摇曳，任海风把头发吹得散乱。太阳慢慢地从海平面探出头来，摄友们纷纷架着三脚架或是蹲在岸边捕捉瞬息万变的晨光色彩。正巧，一位渔夫站在浅水滩，撒开了一道渔网，成了风景里最写意的一笔。

天很快就亮起来，游客们散了，卖鱼的变成数钱的，鱼市褪去了破晓前的神秘面纱，变得安静了。

此刻，有的人渐渐醒来，而有的人才刚刚睡去……

孟加拉：被文明遗忘的国家

早就听说达卡航班在卡航噩梦航班中名列前茅，每当提到它，同事们脸上都憋着一种一言难尽，说不清道不明的苦表情。

孟加拉国位于印度半岛，达卡是其首都。受热带季风气候影响，虽然已是 11 月了，但这里气温仍在 30 摄氏度以上……

结合以上地理知识所做的简要分析属于客观印象，而旅行的意义却在于看与经历，所以，我的主观印象是这样的：

孟加拉国作为一个人口大国，廉价的劳动力成为许多知名品牌的服装生产地。听许多印度同事说当地的市集有大量从工厂店外流的服装，价格便宜得惊人，约 10 到 20 元人民币就可淘得一件。我想了想，既然这里没什么必须打卡的景点，那不如去市集转转，来一次真正意义上的淘宝。

我们一行 5 人：泰国男、玻利维亚男、印度妞、津巴布韦副驾和我挤上了一辆可以废弃N次，车灯外露的破的士。可是比起散架的士，这里的公交车更加让人称奇，严重超载的乘客使得车向一方倾斜，车门已经关不上了，当地人却十分淡定，他们一手抓着门框，一手还拉风地叉着腰，大半个身子在门外挂着，很自然地享受着“清风”（其实是汽车尾气）。我们惊奇地打量着他们，他们也投来好奇的目光，一定在想：“真是一群没见过世面的土老财。”就在我感叹之余，一辆面包车缓缓驶过，吸引了我的眼球。定睛一看，车顶上居然坐了个年轻人，他身旁还站着一头山羊。它高昂着头，白色的胡须呈45度角迎风飘扬，也许是风速太快，它的眼睛半眯着，很享受站在车顶“一览众山小”的感觉。好吧，我承认，这世面，我的确没见过。

经过半小时的颠簸、吃土、吸尾气，我们终于来到比小镇还要袖珍的市区，在一个名叫“达卡大学”的地方下了车，寻找传说中的“工厂”。

这是一个信仰伊斯兰教的国家，穆斯林占96%，这天他们正迎来一年中最重要的节日——开斋节，这也就解释了一路上看到许多人牵着牛在路上走或者车辆爆满拥挤的场面。他们准备屠牛祭祀来庆祝。

来到集市，原本就不宽的街道被商贩的摊位占据得更加狭窄了。我们排成一字长队，两手紧贴着身体小碎步前进，幸好有来自非洲身高一米九的黑人副驾走在后面做我们的坚实后盾，我们都亲切地给他取了个外号：辛巴。

我上下打量着这“杂乱有章”的集市，摊位上是各种各样的男士衬衫、女士纱丽、廉价塑料凉拖；空气中吆喝声、喇叭声、摊贩的叫卖声此起彼伏。还有那川流不息的人群，车水马龙的街道，铺陈出一幅特别的孟加拉浮世绘。

我并没有找到传说中的“工厂”，也不知道那些淘到便宜货的三哥三姐都拥有着怎样的敏锐“嗅觉”。总之，这个像中国20世纪八九十年代的批发市场和风风火火的生意场面，我们都纷纷表示招架不住。看着一个本地姑娘隔着三五层人墙吃力地想要挤出自己淘宝天地的架势，我们决定

▲“杂乱有章”的集市

还是赶紧撤为好。

达卡是世界上人力三轮车数量最多的城市。有数据显示，每天有至少70万辆三轮车在城市中穿梭。当地人喜欢把车涂成五颜六色，上面画个美女脸蛋、花卉或是伊斯兰的传统纹饰，将一辆辆普普通通的人力车打造成了达卡亮丽的七彩三轮风景线。

入乡随俗的我们也分组搭上了三轮车。我和体格壮硕的辛巴挤在一辆车里。眼前这位瘦弱的车夫吃力地几乎是半站着在蹬脚踏板，我甚至可以明显地看到他因此而锻炼出来的壮硕的小腿肌肉线条，他衣衫褴褛却不卑微。街道两边是斑驳破旧的楼房，等待红绿灯时，一群赤脚兜售爆米花的小孩儿会从某个角落忽然钻出来，把他们眼中的金主围起来，推销爆米花，绿灯亮时，再一窝蜂散开，空气里只剩灰尘与喧嚣。

这些穿裹裙的车夫技术都非常了得，既可以和汽车保持一个拳头的距离也能和牛保持一个手臂的安全空间。

半小时的车程回到了酒店，我仿佛穿越了一般，回头来看与普通的居民住所相比酒店算是极致奢华了。当然，越是落后的国家，贫富差距越大，有钱人奢华至极，而大多数普通民众依然生活在联合国公布的极贫困水平之下。

可是穷又怎样，穷也要穷得漂亮，穷也要穷得鲜艳多彩！

车夫微笑着和我们说了再见，便飞快地骑车远去，寻找下一单生意了，只留下渐行渐远的背影和七彩三轮车的轮廓……

暴力三轮摩托

第二次来达卡，要不是被摩洛哥乘务长生拉硬拽，让我陪她买纱丽，我定会选择老老实实待在酒店里休养生息。

这里最多的公共交通工具除了人力三轮车外还有三轮摩托。在达卡所有的车都经过改装，门窗之间镶有一道绿色的铁丝网，避免乘客被抢劫或者等红绿灯间隙的强买强卖发生。我俩挤进一辆狭小的三轮摩托车，司机把门扣上，我们便成了被关在笼子里的动物。

这里的公路没有具体车道，世界各国淘汰的二手、三手车在此集结，所以左右行驶不设限。俗话说一方水土养一方人，在这样的环境下成长的驾驶员个个都是赛车手级别，时而踩上油门飙上一段，时而遇上红灯来个急刹，见缝插针更是小儿科，除了知道离牛要稍微远一些以外，几乎没有车距概念。

我们跟在一辆大巴的后面，差点儿被尾气呛晕过去，幸好信奉伊斯兰教的摩洛哥乘务长出门要包头，于是我顺势撩起她的头纱做成了一个口罩。

每次遭遇红灯停下来时，路边乞讨的人都会试图把手伸进来，这时我才更加体会到绿色铁丝网的用意，心想："还好有它挡着，不然后果简直难以设想。"

司机们似乎都很着急赶路，面对拥堵毫无耐心，疯狂地按着喇叭，整座城市被交通工具的铃声吵得无法消停，把这里从文明世界中响亮地隔离开。我仿佛坐在游戏中的暴力摩托上，感觉达卡式的速度与激情。并不是很远的路程，在经历了无穷无尽的交通堵塞后终于在40分钟之后到达达卡大学。

马路两旁依然散发着摊位上廉价塑料胶鞋呛鼻的味道，在沙丁鱼一般拥挤的人流中艰难地挤过各种摊位，好奇心害死猫的我不断提醒自己"既来之则安之，还是先好好陪乘务长物色到称心如意的纱丽为妙"。

然而，我在这里见到了史上最不会做生意的生意人。买卖时的语言不通尚且不多说，那个连老板都算不上的店小二，纱丽不但不愿意展示出来，还一直指着标签，按着计算器强调价格不打折。秉承"三天不开张，开张吃三天"的原则，不狠狠宰一顿那就是和自己过意不去，也许在他的眼里，老外即是金主。这里的拥挤与杂乱不堪我尚且还能忍受，但与这群人做买卖分分钟都是煎熬。所幸最终摩洛哥乘务长在别家淘到了一条称心如意的纱丽。我俩精力耗尽，加之斋月里，因为斋戒不吃不喝的她额头上已经满是虚汗，我打趣地说道："你可千万别倒下啦，我可是扛不动你这圆润的摩洛哥身材。"她似乎已经累得连笑的力气都快没了，只是拉着我上了一辆回程的一轮摩托车。

回到世外桃源般的酒店，我们都有一种劫后重生的感觉。

无论是好航班遭遇坏经历，还是烂航班遇上大好人，生活并非总是十全十美的，坏经历也是一种另类的收获，既然选择了以这样的方式环游世界，那就得接受世界展示的每一面，先进的、落后的，发达的、贫穷的。

进进出出于文明世界，发现，它真的很奇妙！

马尔代夫，心中最美的蒂芙尼蓝

是有多么幸运，我的备班改成了马尔代夫。在 12 月这本该属于冬天的日子里，可以有一个穿比基尼，在大海里畅游的夏天。

马尔代夫是卡航出了名的蜜月班，乘客们大多出双入对，脸上是前往“天堂岛国”毫不掩饰的兴奋表情。降落时的马尔代夫是我无论来了多少次都看不厌的风景。那一圈圈浮出海面的陆地还没有形成成熟的岛屿，中间是深不可测的蓝洞，看着像是来到了外太空。再靠近主岛一些，便能俯瞰到星罗棋布的群岛散落在浩瀚的印度洋，之间是各种蓝色的渐变，这些岛屿大多隶属于世界知名的酒店集团，一座岛就是一个度假酒店。

马尔代夫的美不在市区，不在马累，而在它的各个岛屿之间。那里有应有尽有的蓝。对于这样的小岛旅行，如果问我最适合做什么，我会答：什么都不做。尽可能放纵、慵懒吧，让平日快节奏的生活告一段落，让太阳亲吻每一寸肌肤，然后把它变成健康的小麦色。

机组到达时已是傍晚，饥肠辘辘的我们来到主岛马累用餐，在一家海滨餐厅的二楼落座，开敞的环境可以直接嗅到海的气息，吃海鲜自然成了我们的首选。我兴致高涨地点了一杯莫吉托鸡尾酒助兴，可喝了半天，发觉味道怪怪的，里面根本没有酒，仔细翻看酒单，我才发现这里所有的酒底都是用红牛代替的，就连啤酒也写着 alcohol free（无酒精），我一拍脑门，才反应过来这是一个伊斯兰国家，对酒的管理比较严格，所以一般的餐厅都是用功能饮料代替，真要喝酒，那还得去高档酒店。

不知不觉，马尔代夫被涂上了夜的黑，虽不如白天的多彩，但在街灯的映衬下，仍然可以看到彩色的鱼儿游来游去，像是发着光。这里没有太多车辆的喧嚣，码头上的渡船随着夜幕降临也越来越少。

马尔代夫的物价实在是贵，如果不是和心爱的人来度蜜月，那么花重金去度假酒店则是纯属找虐。所以第二天，我和机组同事们果断打组合，租快艇去了一个离机场酒店不远的岛屿晒太阳。我们一行 9 人，有意大利老帅哥机长、菲律宾副驾、卡塔尔副驾、俄国美女、肯尼亚美女，以及另外一个机组的丹麦机长、墨西哥美女和小菲。

15 分钟的航程，我们登上了这座还处于半开发状态的小岛。水从湛蓝变成了浅绿色，我看到停泊在《时尚旅游》杂志封面的马尔代夫小船此刻就停在我的眼前，心中的欢喜不言而喻。

由于岛上没有入驻豪华酒店品牌和度假屋，所以设施很简单，只有些冲浪板和晒太阳的白色躺椅，和广告里那些奢侈豪华游完全是两回事。但水还是一样的清，天还是一样的蓝。什么都不说了，大家纷纷把椅子拖到自己喜欢的位置，我和俄罗斯美女在椰树底下找了一块舒服的树荫，开始我们的防晒武装。要知道，在这里晒太阳，就连耳朵也不能放过，否则一不小心就会被烤得外焦里嫩。我礼貌性地问了一旁的肯尼亚美女是否也来点儿防晒霜，她看了一眼自己的胳膊自嘲地说："防晒霜对我来说只是个笑话。"菲律宾副驾把他的便携音响带来了，意大利机长还自备了浮潜工具，真是专业级别的小岛享受。

一切准备就绪，我便立马投入了大海的怀抱，走到海水齐腰深，就可以透过清澈的水面看到色彩斑斓的小鱼，要是站着一动不动等上一会儿，它们则会好奇地成群游过来，围在身边打转。偶尔抬头眺望，和我一起下水的意大利机长已经游到了很远的地方，岸边的小伙伴们正慵懒地横斜在躺椅上享受阳光给予的温暖。一躺便是一个闲适的下午。静静聆听大海的呼吸，什么都不需要想，什么都不需要做，一切是如此放松、自由。

我在浅水里扑腾了几下就上岸了，因为我的游泳级别仅限于在踩得到底的浅水区活动，面对大海，我只能望洋兴叹。回到岸边，我默默地掏出一包大号的泡椒凤爪补充能量，却遭来他们“鄙夷”和好奇的眼神。大家纷纷凑过来又是看又是摸，然后起了一身鸡皮疙瘩回到了自己的躺椅上，我心想：“同事们也算是见过世面的人，怎么会连鸡爪都没见过呢，难道他们不知道这个还可以被当作零食？”该赶紧看看《舌尖上的中国》补补课了。

出门旅行，人与人之间的差异不仅仅体现在文化、宗教上，也有思想、饮食等诸多方面。不过尽管如此，大家还是彼此包容着。

回程的路上，我开玩笑地对肯尼亚美女说：“尽管你一直躲在树荫下，连防晒霜都没涂，但你还是赢了，因为你晒得最黑。”我的黑色幽默让她捧着肚子笑了老半天。至于我们的白人机长已经变成了粉红色，亚洲同事包括我在内也变成了小麦色，总之大家都被太阳涂成了健康的颜色。

马尔代夫“游”记

像马尔代夫这样一个水清沙幼、椰林树影的浪漫岛国，如果没有一个像样的人陪伴那就是大大的浪费，而这个像样的人，如果不是男朋友那便非闺密莫属。

刚过完圣诞节，一个在沙漠国家流浪的灵魂（卡航的我）和一个在新加坡寂寞的人儿（新航的好友，笑）相聚在了马尔代夫度假天堂。我们分属两个完全不同的世界五星级航空公司，却被机缘巧合安排在同一天飞往这里，这种择日不如撞日的聚会更多了几分缘分的奇妙，而且这已经是第二次了，马尔代夫自然成了我们的福地。

记得第一次和笑在这里见面的时候，她就拉着我上了她入住的小岛，并煞有介事地带我浮潜。她道貌岸然地说："越往深处游，越会看到很多各式各样的鱼从黑黑的深海里向你游来，神奇极了。"然后一把将我套进救生衣，径直往深海里游去。我这个半旱鸭子的浮潜处女秀就这样被她连哄带骗地拖下了水。当时也是初生牛犊不怕虎，危险是全然没有意识到，只有好奇心的驱使罢了。

但自那以后，我对于浮潜的热情便一发不可收拾，从潜水镜到呼吸器，还有极限摄影装备都一步步在完善。

难得命运给我们安排了第二次海岛之旅，那岂能浪费，带上我们早已准备的装备，出发！只是这次不是上岛，而是出海。

提前预约好的游艇在港口接上我俩，我们便像上了发条一样，兴奋地在甲板上上蹿下跳。从戴墨镜摘墨镜，到交换墨镜的各种摆拍，折腾了好一阵子，直到我们拍出了满意的网红"大长腿""瓜子脸"才罢休，也许和闺密一同出游，就该这么任性。当然，我们也不忘和救生员、船长套近乎，毕竟我们这两只半旱鸭子的小命可都托付给了他们。随后我俩开始试穿脚蹼，调试浮潜装备，穿救生衣，入水前的准备工作有序进行着。

与此同时，游艇也陆陆续续接上了其他一起潜水的游客，开始向深海进发。水花打在脸上，海水开始由浅绿向墨蓝渐变，我原本拿来摆造型的海军帽子也赶紧取下来拽在手里以免被海风吹飞。可没过多久我们

▲和闺密一起就该这么任性

就受不了了，脸被吹得又干又涩，我们商量着赶紧躲进了船舱里。随后更是大胆接过船长的船舵，有模有样地“乱开”起来，不一会儿就把自己颠得天昏地暗。我渐渐老实起来，然后呆坐在椅子上，脑袋耷拉着，我知道自己开始晕船了，而笑的状态也好不到哪儿去，不到半小时的航程，我们已经被自己折磨得力不从心，像过了几个世纪。

游艇终于停了下来，深潜的团队已经背好氧气瓶，等待着领队发号施令。“扑通”一声，只见救生员熟练地跳下水，然后呼叫着队员迅速入水。一对来自哥伦比亚的夫妇，有着南美人天生爱冒险的精神，毫不迟疑相继跳入水中，我仿佛一秒便恢复了最初刚上船的状态，站在船舷上兴奋地尖叫欢呼着。随后船开到了另外一处海域又停了下来，这次轮到了印度家庭，“摇摇”们迟疑了半天才一个个“秤砣”落水，其中一个印度妇女由于氧气口没有控制好，下到水里后发出了巨大的嘶嘶声，被自己吓得手足无措，我在船上看着别人的笑话竟全然没意识到下一个入水的是我俩。

船继续开出，这次停在了一个浅水区，船长伸出手向前指了指说："从这里出发，不用游很远便可以看到珊瑚礁和色彩斑斓的小鱼了。"话音刚落就听见我们的救生员小黑哥抓了个潜水镜戴在头上便跳入水中。他在海里如鱼得水，似乎比在岸上更灵活。我"谎称"自己要搞摄影录像，招呼闺密先下水，内心的惶恐开始急剧上升。只见笑站在甲板的边缘，似跳非跳，嘴里一直喊着："我不跳，我不跳。"船员眼看这阵势，不知从哪里默默搬来一个通往海里的扶梯，她才终于老老实实下了水，小黑哥带着笑顺着海浪很快漂了好远，船员这边也在催促着我赶紧下水和他们会合。然而他们漂得越远，我越是不敢下水，因为按照自己的水性，我是绝对赶不上他们的。船长看我这架势只好发动船只，开到了一个靠他们近一些的地方，我这才鼓起勇气顺着扶梯爬下水，然后就扑腾开了。

海风有些大，我们顺着海浪一起一落地漂着，我和笑并游在小黑哥两旁，他紧紧拽着我们两个拖油瓶向浅一些的海岸边游去。我还没有完全适应在水下用嘴呼吸的方式，而在岸上原本觉得合适的救生衣下水后也耸作一团，我连吼带比画地传达着各种不适应，小黑哥却还是铆足了劲拽着我们往岸边游，我挣扎着却又不得不跟紧。终于越过深蓝的海沟来到浅水区，他浮出水面猛吸了一大口气，便一屁股坐在了一块看似平滑的珊瑚礁上，准备调整我的救生衣，然后他哭笑不得的表情仿佛发现了一个惊天大秘密，他无奈地说："This is a baby life jacket already!"（这个救生衣明明已经是儿童版的了！）。

这块水域的珊瑚礁是灰扑扑的一片，没有想象的那么绚丽多彩，更谈不上惊艳。不过我们倒是渐入佳境，重新入水后一把甩开小黑哥的手，各自拿着相机在水下畅游搞起摄影来。离岸边越来越近，我突发奇想准备上岸坐在礁石上拍一张"美人鱼"照，刚坐下还没来得及喘口气，就听见闺

▲水下摄影

密大叫着："看你后面有两只螃蟹！"我踉跄地站起来差点儿没摔倒在水里，生怕被螃蟹扎屁股，没想到螃蟹兄弟比我跑得还快，一溜烟没了踪影。这照我也不拍了，怕一会儿又钻出个什么别的东西来。小黑哥提议游回船边，再去另外一个海域看看，随后就一把拉着我俩往海的深处游去。

回到船上，我们便瘫倒在了甲板上，一时半会儿没法适应地心引力，脱下救生衣和脚蹼，累得一动不动，连句话也不想说。这个时候才发现全身上下火辣辣地疼。由于没穿潜水服，身上到处都是被珊瑚礁划伤的痕迹，幸好我早有准备，从口袋里拿出了从摩洛哥买来的阿甘神油把全身上下涂了个遍，然后继续瘫倒，进入了迷糊状态。不知过了多久，船长载我们来到另外一个水域。小黑哥看着已经"半死不活"的我俩说："这次你们得尝试跳水，不准用扶梯哦。"笑嘴里又开始叨念："我不下去了，我游够了，你们去吧。"

船停了下来，我挣扎着坐起来，心想：这可是我一直都心心念念的出海浮潜，怎能说不去就不去，于是一鼓作气拎起还在滴水的救生衣重新穿上。我一直都特别羡慕那些有勇气往海里跳的人，那种自由落体的感觉我想一定棒极了。说时迟那时快，我和已经跳到水里的小黑哥点头示意了一下，扶着呼吸器站在船舷上，深呼吸，一股脑钻进大海的怀里。由于穿着救生衣加上大海的浮力，很快我便露出水面，脸上也露出了得意的笑容，腿脚上的擦伤泡在水里仿佛也没那么疼了。估计笑也是看得心里痒痒，从座位上弹起来，赶紧武装自己，“穿戴整齐”跃跃欲试。

第二次入水，我们很快就适应了，而此时潜水小分队正好在我们水下不远处吐着气泡，成了我们眼中别样的风景。他们穿着完整的潜水服，背着氧气瓶，在教练的带领下探寻大海的秘密，也许这就是所谓的“我在桥上看风景，看风景的人在楼上看你”。忽然隐隐约约从水面上传来一个羞涩的声音：“I really like you（我很喜欢你）。”我正琢磨着，赶紧用余光往旁边一瞄，差点儿没把我给笑岔气。原来是小黑哥在向闺密表白。我游到远一点儿的地方，实在憋不住了，浮出水面放声大笑。无奈的闺密只好熟练地编出一个男朋友的故事来抵挡这些路边的野桃花。而当得知她并非单身时，小黑哥的态度就立马发生了180度转变，然后就没有然后了。

上船之后，我们开始相互取笑对方的比基尼太阳“文身”，然后任由阳光和海风把自己自然烘干。小黑哥的深海中的浪漫表白成了我们一下午的谈资。我想今天一定瘦了不少，光是笑都可以笑出腹肌来。

微信公众号“马尔代夫，心中最美的蒂芙尼蓝”短片

喜马拉雅山脚下的孩子

一个人的尼泊尔——加德满都

2011 年 10 月 2 日，我的飞行生涯在一个充满神秘色彩的城市正式拉开序幕，那是个曾经无数次回荡在我脑海中的名字——加德满都。

近 5 小时的飞行，飞机降落时已是当地时间下午 6 点半，此时的它披上了一层夜的纱丽，也许是刚下过一场雨吧，空气格外清新，气温 18 摄氏度，我有些小激动，在前往酒店的路上，充满欣喜地打量这个喜马拉雅山脚下的孩子。

虽说这里是首都，但在我看来却更像是一座小镇。穿着质朴的人民，

▲庙里忙碌的猴子们

偶尔驶过的三五辆摩托车，低矮的楼房，和并不平坦的路基构成了我对这座城市的最初印象。

同事们大都已经来过这儿，所以没有出行计划，于是我决定第二天独自探索这个神秘国度。一辆车、一个司机、一些勇气、一张圈点勾画过的地图，就这样我出发了。

猴子庙是我行程的第一站，它是一座完美融合了印度教和佛教的寺庙。顾名思义，这座庙宇因为遍布三千多只被奉为神灵的猴子而得名。它们三五成群，或是飞檐走壁，或是依偎在佛像的怀抱里四处张望。我到的这一天，正逢他们在庆祝杜加女神节，好不热闹。相传杜加女神是正定胜邪的力量化身。印度、孟加拉国、尼泊尔等国家的印度教

▲尼泊尔小女孩

徒都会庆祝这个节日。因此这座庙宇满是前来祭拜的信徒。他们穿着传统的服饰，带着虔诚而来，手中有一个特殊的碗，里面放着花瓣和米饭，每祭拜过一座神像后就会撒上一小把米，以示贡品，最后再点上油灯以求平安。

庙宇周围有很多礼品店，商贩们兜售着唐卡、转经筒、冥想钵、法器，甚至还有当地的特色乐器。其中一个商贩手里拿着把漂亮的四弦琴，见到我走近竟热情地即兴奏上了一曲，当他得知我来自中国，立马换成了《茉莉花》，让我欣喜不已。

除了看猴、朝圣以外，猴子庙独特的地理位置也是俯瞰加德满都全景的好地方。庙宇并不大，走走停停，不到 1 个小时就可以逛完。

▲走走停停，一个人的尼泊尔，也很精彩

太庙是世界各地游客的聚集地，也是我行程的第二站。区内云集了旅行社、旅馆、各国风味餐厅、工艺品店、书店、外汇兑换店……被称为“加都小香港”。

一个人穿梭在狭长的小巷内，本只打算随意逛逛，但琳琅满目的工艺品激发了我的购物欲。我路过一家卖纸灯和手工日记本的小店，店内的装饰和陈列呈现小清新风格，走进一看，店主竟是一位约莫 70 岁的老爷爷，他露出慈祥的微笑迎接我。

我随手拿起一个笔记本才发现这是纯天然植物纤维手工制作的，封面上嵌有花瓣、草和树叶，纸张肌理天然偶成，用手在上面轻轻拂过，能感受到植物短暂化为永恒的生命脉络，每一本都是独一无二的，我陷入了选

▲ 理发

择恐惧中。老人看着我，笑着说："喜欢就都买咯。"然后朝我顽皮地吐了个舌头。

随后我进了一家拖鞋店，这可不是我们想象中的普通鞋店，因为里面卖的都是用各种色彩的羊毛毡手工制作的拖鞋。有的是老虎的纹路和色调，上面还有逼真的胡须设计；有的鞋后有尾巴；还有的鞋头会弯弯翘起，像极了演滑稽喜剧的小丑，索性就叫它小丑鞋吧。

店主见我如此兴奋，也兴致勃勃地把柜子里还没来得及展示出来的货统统翻了出来，得意地挑了一下眉毛，示意让我尽情选购，凸起的抬头纹把头上的红点点（吉祥痣又叫 Tika，是神佑和赐福的标志）挤掉了一块，我差点儿笑出声来。就在此时，加都突然停电了。可我并没觉得扫兴，反而变得更激动，借着天光继续淘宝。随着一声惊雷，外面下起瓢泼大雨。这让住在沙漠，阔别雨水两个月的我着实又兴奋了一把。又是停电又是下雨的节奏，眼看我是哪儿也去不了了，索性一边采购，一边和店主闲聊起来，直到雨点渐弱才离开。

我还买了一张 CD，是尼泊尔节日的音乐，节奏明朗欢快。这让我想起以前在美国迪士尼动物王国亚洲场馆工作时常听到的旋律，没想到竟是出自这里。我还收罗了一张明信片，背景是雄伟壮丽的珠穆朗玛峰，因为有太多太多在迪士尼乐园的回忆，那个我曾经工作的“山脚下”，坐过无数次的过山车，就是以 Everest（珠穆朗玛峰）为概念设计的。如今我真真切切来到了她的面前，一种莫名的神圣感油然而生。最后在一家名叫 Yak 的雪怪餐厅吃了份猪肉炒饭，结束了我两个月没吃猪肉的记录。

一个人的探索之旅总是自由、轻松而又充满惊喜的。雨过天晴后的清新让我无比享受地迷失在这座城市里。我胡乱穿梭，路过一座座城中庙宇，试图找到我来时的足迹，仿佛从那些长得似像非像的小道里穿出去，就能到达和司机师傅说好的会合地点，但事实证明，这个迷宫一般的街道，我这个初来乍到的旅行者，注定只有迷失。

我走到一个小卖部寻求帮助，店内有一部付费座机，我准备打电话给司机让他来找我，才发现自己根本无法描述所在的街巷。这时，正巧一个样貌清秀的年轻人主动走上前来帮忙。他是个高中生，英文说得很棒，这让我欣喜若狂，像是找到了救命稻草，连忙给了他司机的电话。他们用尼泊尔语沟通，我站在一旁，虽然完全听不懂，却觉得特别安心。他挂完电话掏出钱包竟准备帮我付话费。尽管只有 8 卢比，不到人民币 1 元钱，却让我感受到尼泊尔人的善良和质朴，也正因为这样，我更没有让他付这笔钱。

他陪着我站在小巷旁，一边聊天一边等待司机的到来。人们提着鞋，赤着脚，通过被雨水淹没的小巷。

终于，司机寻觅到我，我与他握手道别，热心的年轻人才安心离开。

旅行的艺术在于发现，发现不一样的风景，发现一心向善的人民。虽然这是个像小镇一样贫穷的首都，他们的人民却在用善良与质朴昭示着内心的富有。

回想起这突如其来的雨天、迷失的巷隅、8 卢比的温暖，嘴角不自觉地微微上扬。

走走停停，一个人的尼泊尔，也很精彩。

尼好，泊尔

你，因为什么旅行？

一部电影？一个人？一首歌？还是没有目的的漫无边际的只是想出去走走，走出那座围城，心的围城……

2014 年去尼泊尔是因为一部叫作《等风来》的电影。我去到了号称世界三大滑翔伞圣地之一的博卡拉，在那里等风来。途中也意外“邂逅”了加德满都一家鲁瓦里餐厅的酸奶，让我念念不忘到 2015 年，于是成了我再次去尼泊尔的理由，没错，这一次是因为酸奶。

在航班上，正巧遇到一个印度和泰国的混血小哥卡伦想吃 Momo（尼式包子），我和他立马达成共识，于是开始了一段寻味之旅。

在几年之间的无数次到访中，加德满都的太庙已经变成了一个我怎么也走不丢的地方，那些缠绕在一起杂乱无章的电线、装点得五颜六色的人力三轮车、琳琅满目的纪念小商品；五花八门的专业登山装备、世界各地的游客和徒步爱好者，还有夹缝中求生存的当地人，变成了我闭着眼睛便能回忆出来的尼泊尔。

▲穿纱丽的妇女

循环利用的三手车辆穿梭在首都的街头巷尾，弥漫着被严重污染后怎么也散不尽的尾气。明明应该是灰色调的城市，却被唐卡、彩旗、女人的纱丽装点得五光十色。也许是天生皮肤黝黑的原因吧，他们对色彩有着格外狂热的追求。不仅是女人身上的纱丽，就连蔬果摊也是番茄黄瓜对比色地搭配摆放，即使是灰头土脸的土豆，也要放在一个好看的粉色袋子里。

我带领着卡伦来到上次那家位于太庙的鲁瓦里餐厅，将他的Momo、我的酸奶和Thali饭（一种大浅盘里又分成小碗装，混有各种咖喱酱汁炖肉和蔬菜的特色菜式）吃了个痛快。卡伦说，他有一种回到故乡的错觉，我开玩笑地问："你说的故乡是印度还是泰国呢，你可是有两个故乡的人哦。"我俩围绕着吃的话题在没有借助酒力的情况下，足足吃了两小时。

刚结束用餐，我又没能经住路边果摊鲜榨石榴汁的诱惑，买来一饮而尽，然后看着摊主把我喝过的透明玻璃杯在不怎么清的水桶里荡了一下，就算是洗干净可供下一个人使用了。我心里忽然“咯噔”一下。“那上一个用这个杯子的人是……”根本不敢再细想下去了，默念一句“不干不净，吃了没病”，然后赶紧撤了。

对于这次的寻味之旅，卡伦似乎也还意犹未尽，拉着我尝他小时候最爱吃的街头小吃。不到一米长的摊位围了好多小吃货。摊主卖的是一种油炸过的圆圆的东西，姑且就叫尼式泡芙吧，40 卢比（约两块人民币）8 个，中间挖空放入土豆泥，盛上香料酱汁，再放入他们手中的小碗里。摊主细心地观察每一个食客的进度，根据他们的节奏吃一个放一个，无论有多少食客同时吃，他都不会混淆，这种服务风格像极了日本米其林三星大厨，拥有“寿司之神”之称的小野二郎的就餐理念，正所谓民族的就是世界的。

旁边的摊位也围了很多本地人。他们站在那儿，人手一杯酸奶，像是在开鸡尾酒会。卡伦说：“吃完这个酸辣小吃，再来上一杯酸奶，那才叫一绝。”看着他那沉醉的样子，我对他的食量不得不甘拜下风。

迎着夕阳向熟悉的杜巴广场前进，我再一次驻足在一家卖小丑鞋的店铺里。听说老板的生意已经做到了中国，在好几座城市都有门店，他的中文说得也是溜溜的，这一次，我一口气买了 11 双鞋，老板爽快地提供了送货上门的服务，直接运回酒店，女主人更是热情地送上头绳回馈买主。

除了念念不忘的酸奶和小丑鞋外，还有杜巴广场的日落。广场上，菜农们把五花八门的蔬果整齐摆放，然后盘腿席地而坐，拿着颇有年代的天平挂着笑容，做起买卖。这时，我的镜头落到了一个卖葱的老农身上，瘦小的他穿着一件绿色的抓绒衣，看上去和葱的色调似乎很搭。帽子、裤子和拖鞋都是高级的灰色系，扁担上整齐地摆放着已经扎好的葱，他双手环抱着腿，安坐在只有 10 厘米高的矮凳上，表情淡然自若，有一种难以名状的气场，面对镜头毫不躲闪，依然神情自若。

▲卖葱老农

我们爬到佛塔高处安静地等待着日落和夜幕的降临。广场上的一盏街灯足够几十户人家做买卖了，靠在闹市角落的人家，只有借着蜡烛送来的柔光把货物照亮，这里没有华灯初上，但它依然是那么生机盎然，因为它是尼泊尔，是喜马拉雅山脚下的孩子！

在星月之国冲上云霄

首都安卡拉

多哈的某一天清晨，我从睡梦中醒来，像往常一样开始无聊地刷起朋友圈，忽然看到正在土耳其旅行的朋友发了两张照片，让我不自觉地从床上弹起来，在房间里开始不安分地走来走去。

一张照片是成百上千个大小不一、颜色各异的热气球同时在天幕中散开；另一张则是酷似棉花的石灰华梯田，有种国家地理的画质感，我难以置信自己的眼睛。她是去了另一个星球吗？世界上怎么会有这么美的地方？我真是孤陋寡闻，亏我还自诩环球旅行控！我一边琢磨，一边向朋友询问。只听她霸气地说："如果一生只有一次坐热气球的机会，那就去这里吧，用上帝的视野看世界。”于是卡帕多奇亚和棉花堡这两个名字，第一次进入了我的字典，也进入了我的心。

公司飞往土耳其的几条航线中唯一有驻外休息的是首都安卡拉，所以我决定先从这里开始探索土耳其。然而这是一条极其热门的航线，我足足花了半年的时间申请，才成功拿到它。因为来之不易，所以更加珍惜。

首都安卡拉这个政治中心似乎被旅游胜地伊斯坦布尔抢尽了风头。相对落后的城市建设，不太会说英文的当地人，还有他们对亚洲面孔的好奇眼神告诉我这里并没有首都该有的气质，反而更像一座宁静的小城市。

我没有去那些所谓的标志性建筑或者博物馆，而是去了老城区逛逛。它位于一座小山丘上，山的制高点上有座城堡，站在上面可以俯瞰城市全景。虽说是城堡，但历经战火的洗礼，现在只有历史留下的残垣断壁。淅淅沥沥的小雨和灰色调的天空笼罩着这座红顶老城，略显空旷的雨中城市偶尔才能看到三两游客。一对穆斯林夫妇正拿着相机努力将自己的头像框入镜头里，我想他们一定想要一张完美的合影，于是赶紧走上前去帮忙。被长相迷惑的我一直以为他们是土耳其其他城市来的游客，而他们也误以为我是韩国人，所以一直在用英文交流，到最后才惊讶地发现我们都是中国人。他们来自新疆和田，到土耳其是来度蜜月的。

雨忽大忽小，原本就稀疏的游客因为天气的原因也渐渐散去。不知道老城的巷隅之间、转角的下坡路到底会通向何方，只是远远地见着一位裹着头巾的老妇人牵着她的小孙子步履蹒跚地渐渐消失在路的尽头，我穿梭其中，偶尔在开敞的门房外窥探到小院内一把自制的秋千安静地立着，或是一只小野猫在垃圾箱中忙碌地跳窜觅食。城堡外围有一排卖坚果的商铺，看着质地很是上乘：新鲜的杏干、优质的榛果仁、大核桃……我毫不犹豫地称了一点儿拿在手里边走边吃。

我越吃越饿，正巧此时发现了一家复古餐厅。不知道是门口的粉色小

▲妇人牵着她的小孙子步履蹒跚地渐渐消失在路的尽头

花吸引了我，还是那个特别的门廊设计和室内的锅炉取暖器让我驻足，我站在门口观望了好一阵子，决定进去看看。推开一扇“咯吱”响的木门，发现屋内没有一个食客，堆在书架下的原木像是为即将到来的冬天准备的柴火。开敞式的厨房打扫得非常干净，恰到好处的室温与暖色调让我决定在这舒服的环境里享用晚餐。

等待间隙，店主的小女儿开始教我土耳其语，不到10岁的她拿着笔在纸上有模有样地写着，极其标准的发音和耐心让我觉得虽然我们无法用英语交流，但气氛却格外融洽，不急不躁。作为回报，我连忙拿出刚买的坚果犒劳我的小老师。

喝下一碗浓汤，在这个乍暖还寒的入夜时分，全身又积聚了新的能量。

顺着山坡一直往下走，便是大巴扎（市集）了。这里的店面既是商铺又是手工作坊，墙上挂满了精美的手工艺品：瓷盘、铜器，还有土耳其挂毯……让市集充满异域情调。我随意走进一家铜器店，刚走到门口，就听见铁锤“叮叮当当”的敲打声，再走近一看，铜器上面已经浮现出漂亮的伊斯兰文字，老匠人抬头冲我笑了一下便继续埋头工作了，那股子认真劲就像是在制作一件艺术品而不是纪念品。他的手看着有些粗糙，我想那是岁月和匠心留下的痕迹。

奇幻世界：卡帕多奇亚

《飞屋环游记》是我最喜欢的迪士尼动画片之一，那幅成百上千个绑在一起的氢气球带着主人公和他的小木屋飞在空中的海报牢牢印在我的脑海里。动画片以热气球为原型而创作，讲述了主人公为梦想不顾一切，为爱奋不顾身，冲破一切险阻到达迦南地的故事，是一部充满梦幻色彩和浪漫主义的皮克斯动画。

我一直以为这样的美好只存在于梦境，直到在现实中遇见了它——卡帕多奇亚。

卡帕多奇亚并不是一座城市，而是一个区域的统称。我从安卡拉出发乘坐大巴历时 5 小时到达了格雷梅，它是该地区的游客大本营，在这里我见到了亚伯拉罕。

他是我提前雇好的私人导游，不到 40 岁，但两鬓已经斑白，脸上总是挂着笑容，衬得眼角的皱纹越发明显，看上去是个淳朴的老实人。

他见到我说的第一句话是日语的 konichiwa（你好）。我一边和他握手一边用英文解释我并不是日本人，他才不好意思地摸了摸寸头说：“哦，因为这里的日本游客非常多，所以把你误以为成日本人了。”

▲导游

原来，作为专职导游的他特意学习了日语来应对市场需求。回想起我身边似乎也有不少学习日语的朋友，都说这门语言是越学越难，更何况对于已是中年的亚伯拉罕。但为了更好的生活，他整整苦学了两年，如今的日语水平已经是信手拈来，讲解这里的历史人文不在话下。自信满满的他，已经让我开始刮目相看了。

我上了一辆面包车，没想到驾驶室里还坐着一位头发花白的老爷爷，亚拉伯罕介绍说："这是哈迈德，是我雇的司机师傅，驾驶技术杠杠的，但不太会讲英文。"话音刚落，老爷爷便笑呵呵地朝我点了点头表示欢迎。"哇！专职司机加专职导游，这个 VIP 服务未免也太赞了吧。"我暗自窃喜。

格雷梅露天博物馆是我前往的第一站。这里有我见过的最原始的石窟教堂。教堂由山体凿空而建，穹顶绘有《圣经》故事和宗教壁画，这些用天然矿石颜料绘制的壁画虽然部分地方显出了岁月斑驳的痕迹，但总体的色调依然鲜艳生动。他说这里是9世纪后躲避阿拉伯军队的基督徒所开凿，但后来遭到严重破坏，如今所保留下来的就只有这些了。随着旅行团一拨一拨地到来，我匆匆浏览一番便离开了，因为实在受不了一窝蜂的旅行团。

他说："要不我们去阳台坐坐，喝杯土耳其咖啡？"

"阳台？"我不解地重复道。

"对，洞穴阳台，去了就知道了。"说完我们便跳上了面包车。

这是一座被拦腰掏空的巨型石柱改造的房子，入口写着"土耳其之家咖啡"，院外种有一些植物，但在这个季节里大多都已经枯萎进入冬眠期了。女主人把房子的第一层打造成了纪念品商铺。墙上挂着各式各样的首饰，她用不太流利的英文极力为我介绍着，希望引起我的兴趣。前往阳台的途中，我瞄到了一眼卧室，地板和墙面都铺有地毯，双人床上，绿色的毛毯铺陈得很是整洁，小圆桌放置在卧室的正中央，旁边是个简易沙发座，看上去还挺温馨宜居。顺着狭小的石阶而上，就是视野开阔的阳台了。栅栏是用木头扎起来的，上面还放着一两个陶罐作为装饰。墙壁上挂着一面鲜艳的土耳其国旗，长方形的桌子上铺着张骆驼图案的桌布。从这里望出去不远，就是另外几家洞穴小区了，但黑黝黝的洞口看上去好像并没有住人。

就在我好奇地环顾四周时，女主人的土耳其咖啡已经备好呈上来了，上面漂浮着非常细小的咖啡末，看上去像是中药熬制的，似乎比意式浓缩咖啡还要气韵浓郁，托盘里没有糖也没有咖啡伴侣。亚拉伯罕一定是猜到了我的内心活动，还没等我开口就连忙解释道："一杯传统的土耳其咖啡是不加奶也不加糖的，没有过滤的咖啡残渣将存留在杯子底部，以前古人还会用残渣来占卜。可能初次尝试你会觉得味道有些浓烈，但出来玩，不就图个体验嘛！"他一语中的，于是我拿起杯子闻了闻，浓香四溢，然后便一口干了它。

▲女主人为我们送来了土耳其咖啡

傍晚时分，阿瓦诺斯陶瓷小镇已经见不到旅行团的踪影，托导游的福，我来到一间陶瓷工作室体验了一把拉胚制陶的过程。这家集作坊和商店于一体的工作室规模非常大，想必白天游客吞吐量一定惊人，而此刻作为“VIP”，我有幸得到店主的亲自接待，并耐心地为我详细讲解了从选材、制坯、塑模、绘画、上釉到焙烧出一个精美瓷器的全过程。他说：“这里盛产陶器还得益于我们土耳其最长的内陆河——红河。取自红河的黏土因为富含丰富的铁质所以很适合用来制作陶器，并且每一个步骤都是纯手工的古法制作。”正说着，我们移步到了绘画室。一位年轻貌美的土耳其姑娘正专心致志地在已经描摹好的图案上着色，店主介绍说：“像这样一个直径约为50厘米的浅底瓷盘，光是人工着色就

▲对于我的陶艺处女作，我表示很满意

要花费两三天时间。

为了能让我有更深入的体验，他领着我来到了拉胚室，还贴心地递了条工作裤让我穿上防止衣物被弄脏。我坐在操作台上，他熟练地挖下一块土坯放在旋台，借着脚力让整个台面旋转起来。在他的耐心指导下土坯慢慢有了一个小碗的形状，随着边缘越来越薄，碗径越变越大，最后加上碗边的塑形与着色，我的陶艺处女作就这样完美诞生了。我捧着它上上下下来来回回地欣赏了好几遍，真想把它焙烧了带回去留作纪念，他笑着说："你这个在短时间内是肯定赶制不出来的，不过我们有更好的成品，虽然不是你亲手制作，但收藏价值还是非常高的。"这个套路可以有，软广告在此刻打得如此自然毫无违和感，小小的陶瓷小镇，大家都成了生意上的人精啦。不过在亲自体验了制陶的不易之后，我还是屁颠屁颠地跟着他来到了作品展览馆。

馆内有精致的厨房用品，也有装饰墙壁的挂件；有为游客打造的便携纪念品，也有收藏级别的艺术佳作，看得我眼花缭乱，爱不释手，真想霸气地运上一卡车回去。店主看着我兴奋的样子，仿佛也被感染了，于是凑过来神秘兮兮地说："我还有更霸气的，跟我来。"

我被他带到了一个小房间，墙上同样是挂满了大小不一的瓷盘，花纹、色泽、复杂程度和外面的并没有两样，随后他取下了门帘形成了一间封闭式的密室。

"准备好了吗？"他轻声问道。

"好了。"我话音刚落。他瞬间关上了灯，眼前的瓷盘图案在幽暗的环境里竟然散发着荧光，显得无比神秘而美丽，我简直不敢相信眼前的一切，像是来到了一个幻境，已经不知道该说些什么了，惊叹简短到只有"哇！"的声音。店主看着我这般欣喜，自己也开心极了，开始向我娓娓道来它的发光原理。原来这种发光陶瓷是从一种稀土中提炼出来的，再经过特殊工艺掺入陶土，将想要发光的部分特别绘制出来，在吸蓄了阳光或者其他散射光源之后，便会形成这样的发光效果。

虽然价格要比普通的昂贵很多，但它所带给我的震撼实在是太强烈，我最终选了3个瓷盘带回家，其中包括一个发光的稀土瓷盘。不管是他的软广告打得深入我心，还是艺术品本身的吸引力，总之，花钱难买我开心。

于尔居普和格雷梅一样，是卡帕多奇亚地区另外一个恬静小镇，游客相对要少一些，在这里，能更好地融入当地人的生活节奏。

"今天晚上你将会住在洞穴里面。"亚伯拉罕平静地对我说。

"什么？洞穴，我没听错吧，洞穴里怎么住人？"我连忙问。

"千百年前，我们的祖先都是住在洞穴里面的，你不想感受一下吗？"他补充说道。

由于来之前我的心力全部集中在热气球上，对于住宿全然托付给了导游安排，没想到他居然让我住洞穴，简直让人无法想象。然而，当我入住之后忐忑的心情立马释然了。主人在天然的岩石中开凿、改造出的这家精品洞穴酒店共有三层楼，没有扶摇直上的楼梯，而是弯弯绕绕，楼宇之间相互交错在一起，光怪陆离。房间内有一块巨大的地毯，上面是一张紫色的新古典主义风格大床，让穴居变得温暖而有人情味。巨大的卫生间里配有完备的土耳其浴设施，凹凸不平的天花板还特别设计了通风口，室内空间很大，丝毫没有压抑感。我满意地放下包拿上护照到楼下一间小屋子里登记入住，只见亚伯拉罕像个老板一样一屁股坐进了“办公室”。“可是他明明介绍说自己是导游啊，难道……”果然，为人憨厚的他喜欢以导游自居而不喜欢顶着大老板的头衔四处招摇。

他务实又勤奋，绝不是个跷脚老板，酒店在他的精心打理下，有模有样，游客络绎不绝好评如潮，让我好生羡慕。

他说：“家里刚刚添丁，不得不努力工作养活一家5口人啊。时间还早，要不去我家坐坐？”恭敬不如从命，索性就去看看吧。

开门的是他的妻子，温文尔雅，怀里抱着刚出生的小宝宝，是个女孩儿，长得非常漂亮，像妈妈。小宝宝3个月大，不哭不闹，喜欢听我唱中文版的《小星星》。4岁的小儿子有点调皮，爱和我玩躲猫猫的游戏；10岁的大儿子是个小帅哥，英文不错，但有些腼腆，爱笑但话不多，这和他爸爸倒是很像。家里没有因为三个小家伙而被弄得乱七八糟，客厅很大，他说他最喜欢的就是每天下班后一家人坐在地毯上看电视的时刻，这样最放松。

随着旅游业的迅猛发展，大部分的当地居民都住进了楼房，然后将洞穴打造成精品酒店供游客体验了。

第一天惊喜连连的行程已经把我给宠坏了，但重头戏还在后头，所以我早早就回到洞穴穴居起来。

由于平日工作的关系，凌晨4点半起床，对我来说已经是再平常不过的事了，即使是睡眼惺忪也要把自己打扮得美美的，尤其是在今天，因为

▲我们像童话故事里的主人公一般升空了，心中顿时奏响了《飞屋环游记》的主题曲

我马上要去实现飞屋环游啦！

11月末的土耳其中部高原温差很大，我套了一件羽绒服在身上才出门。到达基地时，天刚蒙蒙亮，气温只有几摄氏度。工作人员已经生起了篝火供大家取暖，餐台上备有简易早餐，不远处躺在地上的绿色热气球就是我们的“坐骑”了，工作人员正忙着为它“加油打气”。

与此同时，飞行员把大家集结在篝火旁讲解飞行须知以及降落时的准备姿势。屈膝，半蹲，抓紧手扶杆向后仰，大家伙儿有模有样地学着他的姿势等待出发。

渐渐地，热气球立了起来，大家自动把自己装进了篮子里。点火，起飞，每个人的脸颊都被火光照得通红通红的，篮子缓缓地离开了地面，没有轰隆隆的引擎声，我们像童话故事里的主人公一般升空了，心中顿时奏响了

▲飞翔的热气球

《飞屋环游记》的主题曲。

飞行员带着我们时而在峡谷间穿行与巨石擦肩而过；时而又加足马力飞到两千米的高处，让整个奇异的喀斯特地貌尽收眼底。

“Everybody get your camera ready for the sunrise！”(太阳要升起来啦，大家准备好相机吧！)随着飞行员一声令下，大家齐刷刷地举起相机朝着太阳升起的方向看去，没有一个人说话，仿佛都屏住了呼吸。忽然一道金光洒满大地，篮筐里顿时炸开了锅，大家用各自的语言尖叫着：“太阳出来啦！”此时上百个热气球挂在天空中，成了彼此的风景，“楼上楼下”互相友好地挥着手。我们朝着日出的方向前进，所有彩色的热气球此刻都变成了剪影。

我们随风而行，飘过麦田，越过村庄，在一片掌声中顺利降落。周围围了一圈工作人员忙着收伞，协助大家爬出篮筐，我正坐在篮筐外准备一口气跳到地上，这时，站在一旁的小胖哥忽然冲上来，一个公主抱把我从篮筐里安全转移到了地面，然后站在一旁傻笑，这让我有些始料未及。

麦杆子地里，用来庆祝的香槟桌已经布置好了，作为唯一的女独行侠，我再次享受了VIP待遇，被热情的工作人员请去开香槟，喝前摇一摇，只听见“嘭”的一声，瓶塞飞了出去不知去向。满上香槟，让酒杯轻轻碰撞出清脆的声音，相互道一声恭喜，拿着飞行员特此颁发的飞行证书，每个人的脸上都是掩饰不住的欢喜，这是庆祝的时刻，我喜欢这个时刻。

回到洞穴酒店，时间还不到9点，在阁楼里享用完美味的早餐；换上一身轻便的衣服，我便再一次出发了。亲近自然一向都是我爱的活动，所以今天热气球之后的主题是徒步。

玫瑰谷位于格雷梅北部的国家公园内，有很棒的徒步路线。山谷里并没有玫瑰花，是因为层峦叠嶂的山体呈粉红色而得名。漫步羊肠小道，飞越石头间，看百万年前的火山、千年来的洪水风蚀雕琢出的这一奇异地貌。不远处的嶙峋怪石就是导游口中的仙人烟囱。

这些拔地而起的石柱形态各异，头上戴有一顶小帽子，像是精灵之家。晒着秋日暖阳，吹着清新空气，所见的奇景都是大自然的鬼斧神工经百万年打造，让人为之震撼。

仙人烟囱旁边是鸽子谷，山谷里的石头上密密麻麻满是洞眼，那便是鸽子的家了。导游神秘地说：“从前这些洞穴里住的都是精灵，但其中有一个精灵与凡人相爱了。就在举行婚礼的那一天，其他的凡人准备暗杀前来参加婚礼的所有精灵，谁知行动却被告密，善良的精灵们商量好参加完婚礼就变成鸽子飞走。后来凡人们后悔了，为了表示歉意，就在洞穴里凿出了一个一个的鸽子洞，告诉它们欢迎随时飞回来，所以卡帕多奇亚的洞穴里才有成百上千的鸽子洞。”故事真假不置可否，但整体看上去还是蔚为壮观的。

在一家洞穴餐厅用完午餐，酒足饭饱后便继续徒步了，不过这次不是在地上，而是在地下。

卡帕多奇亚地区目前有两座地下城对外开放：凯马克利和代林库尤。地下城与中国地道战的概念颇有雷同，都是为了躲避敌人所建，不过这里的可是比中国的要早上好几千年。我所去的凯马克利地下城是规模最大的一个，从地上延伸而下一共有八层（目前只对外开放 4 层），走进地下城，仿佛走进了一块多孔的瑞士干酪。

入口处非常隐秘，盘旋而下的石阶只容得下一人通过，通道时宽时窄，但大部分时间都得弯腰屈膝前行。近地面层是牲畜层，主要是方便放牧和管理，同时也可预警敌人。向下延伸是民居卧室、酿酒池、油烟熏黑的公共厨房、学校、礼拜堂等，处处留存着穴居的痕迹。我想，以前街坊邻居关系一定特别融洽，毕竟生活在这座地下城，抬头不见低头见。城中只有重要关卡通道才设有大门，门是用石头做的，体形巨大，目的不是为了隐私，而是为了抵御敌人的入侵，设计惊为天人，怎么挪动它，对我而言是个谜。在这里面要是玩捉迷藏，估计只能抓瞎。

不知不觉我们已深入了地下 4 层，但丝毫不觉得压抑或是呼吸不畅，导游说："这里全年都是 15 摄氏度左右的恒温，通风设计很是巧妙。"随后他把我带到一口竖井旁，并顺势倒入了少量矿泉水，隔了好几秒钟才听到落地的回音，"我们已经到底了，但其实没有对外开放的还有好几层。"他解释道。

弯腰屈膝，腰酸背痛的我身体是抗拒的，但内心还是意犹未尽。几千年前，古人长期地下的穴居生活让我无法想象，震撼之余不得不感叹人类的伟大智慧。

出来之后，我反而觉得来到了另外一个世界，要不是被商铺门口摊贩的叫卖声给拉回来，估计我还依然置身于那个隐秘、神奇的地下空间呢。

去棉花堡泡温泉啦

第二次来安卡拉，是在半年以后。

土耳其的夏天到了，我该去棉花堡了。

我从首都安卡拉坐了 7 小时的夜车才到达目的地。在土耳其，我喜欢坐大巴前往各个城市。得益于这里丰富的旅游资源，长途公交系统非常发达，路况好且不说，一些豪华大巴不仅座椅靠背镶有液晶显示屏可以看电影娱乐，更有无线网络一路畅通无阻。除了这些良好的硬件设施为出行提供便利，混迹在当地人群里，看他们到站下车，旁边的乘客换了一拨又一拨，这种在路上的感觉似乎才来得更深刻。我不爱穷游，也不喜欢苦行，但只要是我向往的地方，也无所谓艰辛。

一觉醒来，我已从土耳其中部的安卡拉转移到了西南部一个叫代尼兹利的小镇。天色渐亮，这个初醒的小镇，街道上几乎没人。一出车站，就看到一个中年男人拿着写有我名字的纸牌四处张望。他是酒店派来的人，于是我迅速和他接上了头。从大巴士跳上了小面包车，车里只有我和司机两个人，他的英文只停留在寒暄的水平，一边开车一边电话不停，所以我们并没有多说话。中途，他停车去了便利店，回来时递给我一听桃子汁，我连忙用土耳其语说了句谢谢，他乐呵呵地看着我，好像有些惊讶，然后便继续开车了。

回想昨天从多哈出发到现在，一直在路上的我已经 24 小时都没洗澡了……到了酒店我看了眼时间，才早上 6 点，距离 9 点半的散团游还有些许休息时间。

“咚咚咚”，老板的叫醒服务实在是霸气，我在他震天响的敲门声中惊醒，一看时间已经是 9 点了，于是赶紧出发与大部队集合，开启我这场纯天然的温泉之旅。

大清早，一群散客在导游的带领下徒步穿越了赫拉波利斯遗址。遗址位于棉花堡附近，建于公元前190年，是一座古希腊圣城。在罗马帝国和拜占庭时期因为天然的地热使温泉发展成为繁荣的疗养中心，后来因为频繁的地震被夷为平地。如今只有眼前的残垣断壁和包括保存较为完好的古罗马剧场、陵墓、温泉浴场等遗址。

散团里绝大多数都是三哥三姐们（印度人），剩下还有两个葡萄牙小伙儿，一个独行的澳门女孩和我，我们几个不知不觉就走到一起凑成了一个组合。导游孜孜不倦地为我们讲述着这些废墟背后的历史故事，但复杂的时间线弄得我头昏脑涨，我毕竟不是学识渊博的余秋雨先生，能把这故事听得鲜活了，还能再结合腹里的诗书补充说上一两段。每到此刻我都会觉得自己越学越无知，世界大了，知道的东西反觉得少了。

终于等来了自由活动的时间，导游比出了一个“2”的手势，然后用丹田之气说：“大家有两个小时的时间在棉花堡游玩，之后我们会在出口处集合，前往用餐，可不要迟到咯！”大家都老老实实点头然后作鸟兽散，我连忙凑到导游身边说：“饭我可以不吃，但玩我一定要尽兴，能否多宽限一些时间，等大部队用完餐我一定准时出现在餐厅门口。”细心的导游像妈妈一样千叮咛万嘱咐，然后赶紧写下了他的联系方式以备我不时之需。“我单飞了！”内心欢呼着奔向了心心念念的温泉浴场。

对我来说听故事不如泡温泉来得真实，有备而来的我赶紧换上泳衣蹦跶到温暖的池水里。这里天然的地热让泉水常年保持35摄氏度的温度，水质非常清澈，脚下的鹅卵石清晰可见，走起来有一种行在水下城市的感觉。那些因为地震而坍塌的罗马柱横七竖八倒在水中，成了人们的天然吧台，泡累了就坐在柱子上休息一会儿，这些可都是实打实的古罗马遗址。不过走在里面可是要小心了，这个天然形成的温泉池或深或浅没个定数，要是迈开步子走，说不定会“嘣”一脚踢到潜伏在水里的罗马柱，那水里抽筋的酸爽简直可以瞬间传递全身。

要不是棉花堡这个重头戏在等待着上演，我是绝对不舍得从温泉池水中抽身出来的。

富含碳酸钙的温泉水沿着丘陵式的山体泻下，经过万年的钙化沉积形成了如天堂阶梯般的纯白梯田，远远看去就像是朵朵雪白的棉花，棉花堡因此而得名。从外形上像我国黄龙的钙化池，但比起只可远观不可亵玩焉的黄龙，棉花堡的互动和玩法就要多很多了，不过在这里游玩要想尽兴，穿好泳衣、做好防晒是大前提。

天鹅绒般的蓝色水池像梯田一样层层铺陈开来，在富含矿物质的温泉水里泡上一会儿，让身体的每一寸肌肤都得到纯天然的浸润与呵护，是如此美妙的人生享受。但是如果没有穿泳衣也不用着急，石灰华梯田的外延有一条水渠一直延伸到丘底，水流格外湍急，大部分的游客都会选择坐在水渠边上泡一会儿脚，感受一下流动的温度。

我发现了一个胆大的男孩，跳进了激流勇进的水渠，水不深，但他的手却牢牢地扶在岸边防止被冲跑，我的童心被瞬间激起，为了过把瘾，也跟着坐进了水渠，体验了一把真正的激流勇进。可在岸上看热闹和泡在水里全然是两码事，湍急的水势差点儿把我的泳衣给冲走。

等我找到大部队的集合点时，很多人都已经吃完饭散去了，就在这时，天空忽然下起了瓢泼大雨，对我来说却像是突如其来的惊喜，瞬间旅行中那种莫名的冒险欲望开始蔓延，我的跟团游到此结束了，但新的探索才刚刚开始。

一个人在土耳其旅行，从来不用担心会孤独。导游把我送回小旅店休息，两小时后他下班接上我驱车来到了棉花堡的制高点，还开玩笑说：“这可是 VIP 才有的特权。”可我哪是什么 VIP 啊，多的钱没给不说，就连这上山的油费还得他自己掏，但按他的话说：“反正下了班闲着也是闲着，索性就带你上山看个日落。”这话虽然听着让我

▲他发现了这里水疗的秘密

觉得有些谄媚和别扭，但看着胖导游憨厚老实的工作态度，安全感还是十足的。

这个制高点是滑翔伞的基地，视野非常开阔，可以望到整个棉花堡、代尼兹利（Denizli）小镇和更远处的麦田。因为临近傍晚，此时的大门已经紧闭，他带着我抄了条密道，穿过铁丝网和灌木丛，才得以入内。临近日落时分，时断时续的小雨才终于停歇，我荡着秋千，和胖导游天南地北地聊开去。一旁竖着的风向袋让我想起了在尼泊尔“等风来”的滑翔经历，不知不觉，最后一缕霞光也躲进了云层里。

15 分钟的车程，我们回到了代尼兹利小镇，在镇上找了一家还算不错的餐厅犒劳这个热心肠的胖导游。

我在夜市上买了一些新鲜的桃子、车厘子还有大妈烤制的热气腾腾的

▲棉花堡

芝士薄饼准备作为路上的盘缠。

是的，今晚又要睡大巴了，但只要是我向往的地方，也无所谓艰辛。

乘坐私人飞机冲上云霄

我认为，旅行中，遇对人，就是完美旅程。

“Jessica（杰西卡），如果你从棉花堡那儿回来还有时间、精力的话，就和我一个土耳其朋友自驾到我的飞行基地来玩玩吧，我有架小飞机，带你玩冲上云霄怎么样。”说话的这位M先生是我们这个机组的副驾，来自意大利，看着有些显老，但实际年龄比我还小一岁，是个热心肠。

我有点不敢相信自己的耳朵，“私人飞机”“冲向云霄”？他真的是在邀请我吗？怎么来土耳其玩的节奏是这般疯狂？什么叫“如果还有时间精力的话……”？对于这样的邀请，我当然有时间当然有精力啦，就算是没有，灌一杯土耳其咖啡也得去啊。

他所说的基地距离首都安卡拉有两小时的车程，是个名不见经传的偏僻小地方，在一位开拖拉机的老爷爷的指引下我们才顺利找到。

M 那天穿着一件军绿色的飞行服，兴奋地带着我们在机场四处溜达。他介绍说这个机场并不是他一人所有，而是好几个热爱飞行、喜欢玩特技的朋友合伙投资买地建造的。他边说边拉开了一扇巨大的铁皮滑门，里面停了七八架特技机。他举起手，指着最红的那架说：“瞧，那一架就是我的了，她叫‘血色玫瑰’。”大红色机身正如名字所诠释的那样，我想在蓝天中翱翔一定格外亮眼吧。

飞机的机身是木头做的，前后有两个座位，前面是副驾室，后面才是主驾室。说着他从驾驶舱里拿出一个降落伞包，看起来很沉，他顺手递给了和我一起来的土耳其朋友试穿。他说：“飞行时佩戴降落伞有两个原因，其一是按照规定必须佩戴；其二嘛当然就是在飞机出了不可逆转的状况时逃生用。”接着他从驾驶座里拿出一个飞行员的皮帽子让我戴上，并让我坐进了前面的副驾室，随后讲解起面前这些仪表盘的用处。什么高度仪、水平仪各种专业名字往脑海里突袭，我仿佛置身在一个不真实的飞机模型器中。

“前舱同样配有操纵杆以便副驾驶操作。起飞后，坐在驾驶舱里的人其实是看不到地平线的，周围都是白色的天空，所以作为特技飞行员，80% 的时间都是通过观察机翼两侧的特殊装置与地面夹角从而判断位置的。”他耐心地解说着。

介绍了这么多，我已经跃跃欲试了。谁知，就在此刻，“轰”的一声惊雷，打得坐在驾驶舱的我心里拔凉拔凉的，随之而来的是一场短时间内根本停不下来的瓢泼大雨，豆大的雨点打在铁皮仓库上，声音格外

▲我与血色玫瑰

响亮，外面的风呼啸着像是在幸灾乐祸地说："耶，耶，耶，有些人飞不成了。"

来的时候都还好好的，可此时偏偏遇上这鬼天气，眼看是没办法冲上云霄玩一把特技了。机场守门人养的一条白色小狗摇着尾巴跑了过来，围着我们开始兜圈子，像是为了安慰我们而故意来分散注意力的。但其实我并不感到遗憾，反而是满满的感恩。感恩有土耳其小伙伴一路驾车的陪伴，感恩能遇到来自意大利的热心肠 M 带给我如此特别的体验。

两小时后我们回到了主城，在一个美丽的湖边享用了一顿地道的土耳其烤肉，在欢声笑语中结束了这段近乎完美的旅程。

但是对于土耳其的爱，似乎还远远没有结束……

第比利斯：上帝的后花园

班表里出现了一个不太熟悉的名字——第比利斯。

“这是哪里？”

“在格鲁吉亚，是那里的首都。”

“格鲁吉亚又是哪个国家？地理位置在哪里？”这个地方就这样莫名地跳进我的视线，我在脑海里自问自答。然而，对于这里知之甚少，于是赶紧翻看地图查了个究竟。

这个北接俄罗斯，南接土耳其，西临黑海的国家，地理位置上属于亚洲，对于它我没有想象，也无法想象，只能先去了再说。

见到它的第一眼，我便喜欢上了。

它是一座山城，首都的规模和中国小镇一般，长着欧洲脸的格鲁吉亚人过着第三世界人民的生活，物价很便宜，夏季水果非常新鲜。

第比利斯是一条新开的航线，同事们也都是第一次来，所以几乎全机组目标一致，包车去了距离第比利斯市区约20公里的一座山。山顶有一座始建于6世纪的十字修道院，这座修道院属于东正教风格，于1994年被列入世界文化遗产名录，这是我脑袋里对于导游关于历史和宗教的介绍仅存的记忆。

7月里的天气很赞，阳光充足，斑驳的修道院周围到处是风化的石墙和残垣断壁，游人很少，亚洲人更是鲜见，物以稀为贵，我们一行人在这里成了别人打量和合影的对象。难怪沿线看到街道橱窗上的广告模特都是亚洲面孔。顺着山势绵延而上，可以俯瞰到不远处一座叫姆茨赫塔的古城，红顶黄墙，掩映在绿林中。

导游用手指了指这个像微缩模型的小镇："想去吗？"

"可以吗？"我们齐声问道。

"当然可以，还挺近，你们一定会喜欢。"他自信地说道。

古镇最大的特点就是几乎家家户户的小院里都挂着葡萄藤，像是来到了新疆的吐鲁番。导游告诉我们："在这里几乎家家都会酿酒，因为格鲁吉亚是世界葡萄酒的发源地，酒文化历史源远流长，通过考古发现的酿酒所剩的葡萄籽证明这里的酒文化历史至少在5000年以上。古人采取的是陶罐酿酒的工艺，通过人工压榨，将葡萄原汁放入红色黏土烧制的大陶罐里，再埋入地底下低温发酵3~4年，这种工艺被称为卡赫季亚工艺，通过这种方式酿造的葡萄酒更有利于人体健康，所以又叫原生态葡萄酒。虽然没有法国、意大利、南非、澳大利亚红酒业那么大的发展规模，但品质毫不逊色，或者说更不错，你们有机会一定要尝一尝。"看着他带着满满的自豪为我们介绍，仿佛站在我们面前的他已经不是导游，而是摇身一变，成了宣传国家文化的大使。

城内也有一座修道院，地板已经被朝拜的人磨得非常光滑了，从窗外透进来的阳光和摇曳的烛光把气氛烘托得庄严、肃穆。人们在神甫的诵经和唱诗班的和声中专心地做着弥撒，门外的木长椅上坐着一位晒太阳的老

▲修道院里的冥想

妪，驼着背，黑色头巾下，头发被衬得雪白，看着来来往往的人们，表情宁静祥和。

走在古城的石板路上，没有拥挤的游人，只有惬意的午后阳光，偶尔撞见一只迷路的乌龟或者一只晒日光浴的懒猫。一辆颇具年代感的草绿色小轿车停在路边，车顶和车盖上堆满了用木框装的桃子，色泽鲜艳红润，估计是刚从树上摘下来的，主人很友善，我以极其便宜的价格买了4个桃子，约合2元人民币。

晚餐是在一家极具特色的地下餐厅进行的，在这里用餐的大多都是当地人，褐色的砖墙、弧形的穹顶像极了地下酒窖。店员说："茄子包核桃末沙拉、铁板猪肉土豆、格鲁吉亚包子，还有五色汽水是我们这里的特色。"大家像馋猫似的点了一大桌。除了美食佳酿，餐厅还可欣赏民族歌舞。演

▲这个鲜为人知的高加索地区小国家——格鲁吉亚，虽然不富裕，人们却有着自己的生活态度，过着与世无争的小日子

员舞姿刚柔并济，柔美之中又充满着力量，节奏欢快。旁边正巧有一桌老年朋友在庆祝生日，他们借着美酒的助兴离开饭桌，将舞池围成一个大圆圈跟着音乐的节拍欢乐地跳起来，非常有爱。

第二天清晨醒来，风和日丽，虽然正值盛夏，但早上凉爽的气温十分宜人。吃一个昨天买的桃子当早餐，作为一天完美的开始，一路步行前往市中心。

作为格鲁吉亚的首都，中心区明显比昨天去的古城繁华很多，一家冰激凌店早早就开了门，店员正在门口的黑板上写着今天的特别推荐。我经不住诱惑，买了一份薄荷和红莓口味的冰激凌，成了当天第一拨食客，旁边的白发老翁点了一杯浓缩咖啡，坐在门口的圆桌上研究地图。此时，一个漂亮的洋妞莫名冲我走过来，用流利的中文问：“你是中国人吗？”我先是愣了一秒钟随后才回答她，脑海中的疑问像是吹泡泡一样一个接一个。

交谈中才得知她就读于第比利斯自由大学，中文是在那里的孔子学院学的。虽然她从来没去过中国，但发音却惊人的标准。

为何这座城市暗藏了如此多的惊喜！我不禁感叹道。

市中心有一个上山缆车，可以去到城市的高处，一览众山小。它是一座古老的军事要塞。山顶有一座格鲁吉亚女神妈妈的雕像，她左手托碗，右手持剑，有着“客人来了有好酒，敌人来了有利剑”的寓意。这个母亲堡垒有着非常好的地理位置，视野极佳，新旧两城依山傍水，现代感的建筑与红屋顶的老房相辅相成，毫无违和感。

到处是残垣断壁的山顶上杂草丛生，却不显荒凉，别有一番景致。拱门下一个卖明信片的黑纱老妪好奇地看着我的相机示意要和我合照，她浑身上下的黑色打扮和脸上如沟壑般的皱纹以及那张没有什么表情的脸看上去像一个女巫，拍照时为了表示友好，她将手搭在了我的右肩上，但是没有笑。

山并不高，所以下山的路我选择了徒步。旅行真是一件体力活，还没到中午我就已经饿得前胸贴后背了。老城有一条布满咖啡厅和各式餐厅的“好吃街”，我在鲜榨的柠檬薄荷汁、茄子包核桃末、猪肉饕餮大餐、薄荷酸奶芝士卷的美味大餐中，结束了对这座超乎想象的小城的探索。

爱在高加索

也许是7月初高加索地区舒适的夏季，也许是美味的茄子核桃冷盘让我留恋，抑或是红酒发源地的佳酿对我充满着吸引力，让我对这个拥有欧洲风情，中国消费水平的亚洲小国充满了好印象。

避开寒冷下雪的冬季，好不容易迎来了又一场春暖花开，一年以后我再次回到这里，记忆中的第比利斯，模糊又清晰。

我准备再次回到那个充满音乐、美食、舞蹈的特色餐厅，但竟然被酒店小哥告知它在半年前就已经关门大吉了。我有些难过，顿时陷入了一阵无奈和神伤之中。来自苏丹、罗马尼亚、泰国的同事都聚集在酒店大堂，原本还满怀期待等我带他们一同前往。幸好匈牙利机长这时解围地说：“你们要不先到我的房间来坐坐，一定有你们意想不到的惊喜。”

进门一看，卧室、厨房、洗手间、客厅、会客室外加一个巨大无比可以开派对的观景台，整个房间少说也有 200 平方米，房间陈设别致大气。大家惊叹的声音此起彼伏，心想：难道机长待遇都这样吗？只见他指了指大门，上面赫然写着“乔治·布什 2005 年入住”的字样。啊，原来这是一个不折不扣的总统套房。小伙伴们借着这宽敞的地势开始了第一场啤酒派对，我因为感冒所以就没凑热闹，和苏丹姐姐练起了阿拉伯语。

由于特色餐厅的关门，我只好凭着直觉和模糊的记忆领着大家伙儿来到“好吃街”，姑且就先这么俗气地叫吧。这里的特色餐厅和 PUB 在中心主街的背后低调地上演着华丽的夜生活。17 摄氏度的夜里透着略微的凉意，而一杯气韵丰富的酒酿倒是传给了我这座城市的热度。

忽然，天幕中的一道闪电划破了这闲适的气氛，伴随而来的豆大雨点将坐在室外的食客统统“赶”进了屋内，我们也从 A 桌转移到室内舒适的沙发区，然后将美酒进行到底，直到大家的交谈都进入了迷离。

不知过了多久，有人提议说，不早了干脆早点打车回酒店休息，大家才起身离开。刚没走几步，匈牙利机长的眼睛就“探测”到一个地下酒窖，大家伙儿同时低头顺着地下延伸的楼梯望去，几个年轻人正坐在沙包椅上喝酒聊天，红色的砖墙划分成洞穴式的隔间，复古且私密，看上去好像非常舒适温馨。伙伴们你看看我我看看你，然后心照不宣地开始往酒窖里走。

我的感冒、大家伙的瞌睡虫统统被抛在了脑后，窝在酒窖里，从干白到干红正式进入第三轮红酒派对，聊什么我已经记不清了，微醺的酒力让我只记得旁边的懒人沙发上坐着一个妖娆的乌克兰女人和她当地的男友，还有一个德国的独行侠，他们应该也是偶遇的吧。

这个鲜为人知的高加索小国——格鲁吉亚，虽不富裕，人们却有着自己对生活的鲜明态度和热爱，过着与世无争的小日子。

一个在我们眼里那么陌生的国家，有学习中国传统文化的孔子学院、有源远流长的酿酒文化，还有亲民物价和历史人文。

我得好好感谢卡航这从天而降的航线和第比利斯意料之外的惊喜。

格鲁吉亚，我们后会有期！

Chapter 2

非洲：狂野的气质，柔软的心

Wild Africa

埃及亚历山大：失落的文明

亚历山大是埃及第二大城市，毗邻地中海，和其他阿拉伯国家一样，人们信奉伊斯兰教，爱穿长衫，说话时喜欢手舞足蹈，阿拉伯口音极为粗犷。

11 月的埃及气候渐渐转凉，清爽宜人。这里是第三世界的非洲，谈不上什么城市建设，马路没有交通线标明车道，车辆总是见缝插针，很混乱，耳际嘈杂的喇叭声不停地响。

我把这一次旅行叫作探索失落的文明。

探索失落的文明，第一站是庞贝柱。这名字取得倒是贴切，让人不难联想到“废墟”。废墟里只有唯一的一根花岗岩雕刻的罗马圆柱屹立，成为该城的城徽。凭着两座狮身人面像的雕塑，便成了一个需要交门票才能入内的特色“景区”。露天的断壁残垣继续经历着风雨的洗礼，没有任何措施加以保护，紫外线强烈，游客甚少，还有一条鲜有人迹的地下通道通向阴森的古墓。

沿着地中海的海滨大道开往失落文明的第二站——灯塔。一路上却是没完没了的堵。各种车辆横七竖八地摆在马路上，呈摊尸状。其中一辆开敞的货车里装载着乔迁的队伍。队伍在货车开敞的车篷里放置了坐垫，人便可以随意横斜歪倒着，车篷里大部分人的小腿挂在车外，敲着手鼓，嘴里还哼唱着歌，煞是欢乐。货车旁边是一辆小面包车，里面坐着一群腼腆的海军士兵，他们目不转睛地望着我们这车混迹着各个国籍的游客，尤其是女的。我将镜头对准他们，小伙子们微笑的脸上竟多了一丝腼腆的神色。他们安静地坐在车里，丝毫没有被堵车狂潮所困扰，也许，他们早就已经习惯了。

好不容易到达灯塔，我却没有进去，只是在外围远远向内眺望。灯塔外围有层新砌的围墙，里面是一座像堡垒一样的黄色建筑。古老的灯塔在战乱中早已破败不堪，14 世纪的一场地震将它彻底破坏，不进去

▲面包车里腼腆的海军士兵

也罢，反正我不想追溯历史的剑拔弩张。

倒不如坐在岸边看海浪在礁石上溅起千层浪花。夕阳西下，发现两个休闲的渔夫正坐在不远处伸向大海的甲板上海钓，沐浴着余晖，整个场景都是暖色调。

失落的文明第三站是亚历山大图书馆。这是世界上最古老的图书馆之一。馆内收藏了贯穿公元前400年至公元前300年各领域的科学家手稿，拥有最丰富的古籍收藏，曾经同亚历山大灯塔一样驰名于世。只可惜，这座举世闻名的古代文化中心，在3世纪末被一场无情的战火吞没。新建的图书馆在外围的花岗岩质地的文化墙上，镌刻着包括汉字在内的世界上50种最古老语言的文字符号，凸显着文明与文化孕育的过程与创造。

亚历山大是我唯一造访的埃及城市，我想，下一次来埃及，我需要更多知识准备，因为它和罗马一样让我感觉自己如此渺小、浅薄。

它不是什么旅游城市，看不见胡夫金字塔，也吹不着尼罗河的风。那些所谓必游的景点也和我想象中的埃及大不同。和它的伟大相比，我感受更多的却是落寞，然而，即使是失落的文明，也由不得我们来品头论足。毕竟，这里是人类的发源地之一，它曾经伟大过，并且将永远伟大下去。

突尼斯：蓝白色专属国家

当时若只如初见

我一直想去一个可以看到海、闻到海、听到海的蓝白小镇。那里有蓝色的门窗，白色的墙面，还有从墙角里露出来的彩色花簇，听说这样的地方世界上有三个：全世界人民的蜜月圣地希腊圣托里尼、西班牙人的后花园摩洛哥肖恩小镇，还有就是小众的突尼斯，之所以称它小众，是因为浅薄的我在此之前都不知道它的存在。

闲暇中，和同事们唠嗑，才得知卡航竟还真有这样一个通往蓝白小镇的航线——北非突尼斯，它就这样神不知鬼不觉地进入了我的视线。

我是10月中旬来这里的。蓝天白云，阳光明媚，有些晒但不闷热，

▲满眼的蓝色

说的就是这里的地中海气候了。

迦太基古城，是当地的一座有名的文化遗址。像意大利的庞贝或者约旦的佩特拉。一座废弃的城池，到处是斑驳的马赛克，坍塌的残垣、颓弛的断壁，在夕阳里摆着造型，更加凸显出历史的沧桑感和碎裂感。我肤浅地略过这里的曾经。因为辉煌也好，没落也罢，一切都属于曾经。俗话说：好汉不提当年勇，古道西风瘦马说的是现在。我安静地坐在罗马柱投下的一小块阴凉地里，看夹缝中长出来的野草、小花和随风游走的沙砾，在想，人生是否也一样，我们会不会希望一直活在自己的曾经或者美好的回忆里。但是，曾经那么近，如今这么远，今日早已不同往昔……

▲放眼望去，白色的墙体，蓝色的门窗以及从墙角蔓延开去的紫色蔷薇花，地中海式的简约色彩，在这里一览无余

出租车带我从历史穿越回了现实，沿山势蜿蜒而上，来到西迪布赛小镇。小镇只有两种颜色——蓝与白，放眼望去，白色的墙体，蓝色的门窗以及从墙角蔓延盛开的紫色蔷薇花，地中海式的简约色，在这里一览无余。它就是我脑海里想象的、小众的蓝白小镇，你好，终于见到了你！

山顶上有个名叫“美味咖啡馆”的好地方，松子薄荷红茶是这里的特色，咬一口香脆的突尼斯甜点，赏一段地中海的日落，然后入夜，看万家灯火……

▲蓝色的椅子

又见即别离

我再一次来到这里已经是两个月以后的事了。12月伊始，没有了阳光灿烂，万里无云。在冬季，地中海的气候变得温和多雨，多雨的天气把一切都染成了灰色，多少让人觉得有些阴郁。日落时分，再一次漫步蓝白小镇，马丁靴踩在湿滑的石板路上，发出“叮叮”的声响。当地居民长着欧洲人的脸庞，有着非洲人的思想，精通法语和阿拉伯语，信仰伊斯兰教。

他们鲜见亚洲人，而像我这样妆发齐全在路上大胆摆造型拍照的亚

▲蓝色的天空和白墙

洲女游客更是稀奇，我不知不觉间成了沿途居民的一道“风景”，时而还会被路人甲要求合照一张。

按着记忆的脉络搜索上次那家由于去晚了而没有光顾到的“网红”小吃店。Banbaruni（实在查不到翻译，如果你有机会去突尼斯的这里，照着音译，找到它不成问题）是一种像油条的炸甜甜圈。在这饥饿与寒冷交织的时节，一口酥脆、甜而不腻的当地美食带给我无限的满足与力量，让我一路上吃得满嘴白糖不顾形象。

再次来到“美味咖啡馆”品上一杯松子薄荷红茶，店长见到我这个再次造访的亚洲稀客连忙坐下跟我插科打诨。第二次见面，闷骚的北非男人就把话题升级成男朋友女朋友老公老婆了，甚至还热情地邀请我留

▲与北非男人插科打诨，乐不可支

下来当老板娘。他天真烂漫的想象真是让我哭笑不得。我用蹩脚的阿拉伯语和法语努力交织成一段话应和，心想，“还好我已经在阿拉伯国家待了一年半载，不然哪里来的勇气和北非男人聊这样的话题”。太阳很快躲进了地平线以下，月亮依然藏在阴郁的云层里看不到光，只有泛黄的橘色老灯把青涩的石板路照亮。

麦地那的古老市集，是我第二天早起的动力。游览一座城市的菜市场和市集一直被我认为是捕捉当地人文风情最直接、最接地气的方式。

来到北非，我反而变得不怕天不怕地，不仅敢一个人出行，甚至还为了一双金线刺绣的骆驼皮拉风拖鞋，撸起袖子和当地人大刀阔斧地讨价还价。

买一个香饼边逛边吃，挽起穿着传统服饰的老大爷拍张合影，大胆一试古董店里那身做工精致的黄金甲，捕捉甜品店小哥哥的“一

▲一望无际的蓝

笑倾城”，或者停下脚步，坐在小摊贩多出来的小凳子上，看赶集的人来人往……但是，这里的美丽风景给我的印象远不及突尼斯人来得深刻。

说好听点，是深刻，说难听点，可能就是心黑了。俗话说，经济基础决定上层建筑，在面包牛奶都不见得能满足的北非突尼斯，绝对不能对国民素质期待值设定太高。尤其是作为游客，像我这样还是个女的。

记得当时我是为一块冰箱贴和那个穿皮夹克的商贩闹开去的，皮夹克想狠狠宰我一顿，强势到拒绝找零，哭笑不得的我只好声色俱厉，拿出一副重庆妹子天不怕地不怕准备干架的气势才把钱要回来。

和摊贩“抢”钱的经历，说起来都觉得自己好笑又好气。我本是去买纪念品，因为不熟悉钱币的关系，为了省事也出于信任，摊开手等老板来找零，可谁知他却一股脑撸走了我所有的钱币，然后装傻，不知你

▲太阳很快躲进了地平线以下，月亮在阴郁的云层里看不到光，只有泛黄的橘色老灯把青涩的石板路照亮

所云，嘿，我这暴脾气！

突尼斯的必游景点把这里的摊贩宠溺出盛气凌人的坏脾气，像是游客们欠了他们似的，实话说，比起风景，对于这里的某些人，我是说某些商人，尤其是某些小摊贩，我的好感是零。

卡萨布兰卡：一部电影，一座城市

卡萨布兰卡，是一首关于爱情的歌，一部关于战争与爱情的电影，一座建在战争、爱情和想象里的海滨城市。

卡萨布兰卡在北非，濒临大西洋，是摩洛哥王国第一大城市，在西班牙语中意为“白色的房子”。这座城市住着一群能说优雅法语、阿拉伯语的非洲人，虽然是非洲人，但他们一点儿也不黑，属于非洲大陆上的阿拉伯人和柏柏尔人（柏柏尔人不是一个单一的民族，是众多在文化、政治和经济生活上相似的部落族人的统称，主要集中在摩洛哥和阿尔及利亚）。

卡萨布兰卡的街道不是特别古老，但白色的墙壁在岁月和海风的侵蚀下显得格外的斑驳、陈旧。道路也不是很整齐。行人、车辆和汽笛声混杂，早已年久失修可以淘汰的破旧车辆，依然在大马路上行驶得风驰电掣，是典型的非洲。

卡萨布兰卡集市

我们机组入住的酒店就在市中心，离老城（Medina，北非城市中的阿拉伯人聚居区）不到10分钟的步行距离。听说城里有一个很大的市集，姑且就叫它卡萨布兰卡市集。

前往集市的路上，时不时会看到穿着传统摩洛哥长袍的阿拉伯妇女前去买菜的身影，或者是路过嘴里叨念着法语，正在行乞的老妪。

老城的入口，是一块卖时装的区域，兜售着一眼便能认出是假货的GUCCI（古驰）和LV（路易维登）。由于地段显眼，租金贵，所以东西也是价格不菲。我没有浪费过多的时间在这些制作粗劣的伪名牌上，只做匆匆一瞥，发现还是有不少爱慕虚荣的摩洛哥女人心甘情愿，上当受骗。

情迷于异域风情的我，冥冥之中来到了卖骆驼皮拖鞋的手工艺店。经验老到的店主见我背着单反，又是一个人，一副标准独行侠的装备，便立马变身笑面虎，给我推荐这个推荐那个。我的确打算买一双特色拖鞋，还是骆驼皮做的，更不能错过。可是他的报价实在是虚高得惊人，仿佛恨不得拿刀把我宰了，我不想再继续和他们纠缠下去，赶紧逃离了。

就在不远处的另一家小店，墙上挂的阿拉丁飞毯、传统服饰和彩色玻璃灯饰一下子吸引了我，立马进店一探究竟。我瞬间相中一个皮骆驼的手工艺品，虽谈不上精美，却独具特色。热情的老板挂着笑脸说："亲爱的客人，你随意看，买不买都没关系，但一定要品尝一下我的摩洛哥茶，还加了薄荷。"

话音刚落，小店的另外一个伙计就机灵地赶紧准备去了。比起刚才那位笑面虎店主，这位生意人可就聪明多了，懂得卖商品更是卖服务这

▲摩洛哥的鲜榨橙汁绝对是一绝

个道理。正巧天热，这种香甜带有薄荷味气息的绿茶正合我意，店家服务态度好，加上皮骆驼价格公道，我便开开心心地收入了囊中。

从他的店里出来，没走多久我就迷路了，手里也没有地图。心想罢了，这座像迷宫一样的老城，就算是有地图，我也不一定能看懂。倒不如就这样随意漫步，也许未知的前路，会有惊喜等着我呢！

不知不觉中，我从时尚“奢侈品”区神游到菜市场区。在卡塔尔这样一个富得只剩油的沙漠国家待久了，突然看到这么多秀色可餐的蔬菜瓜果，顿时整个人都振奋了。第一步，我花了 8 迪拉姆（约合人民币 4 元）买了一杯鲜榨橙汁，绝对的原汁原味，无任何添加，好喝得我都快哭了。

随后，撸起袖子，加入了大爷大婶的采购狂潮。草莓小姐娇嫩欲滴的小红外套，让每一个路过的人都难以抗拒；菜农喜欢把薄荷叶捆扎好，摆成排，等看客一来，往客人的篮子上一甩，“啪”的一声，清香瞬间扑鼻而来，提神醒脑，我想“这就是摩洛哥人最爱的薄荷茶的必备原料吧”。

▲五味杂陈的北非市集

黄瓜、番茄、红土豆、香瓜，还有鳄梨……各式新鲜菜品，一样买点儿，空运回多哈，谁说外航空乘的箱子里只有奢侈品，其实我们对在世界各大菜场买菜这件事一直乐此不疲。我说着蹩脚的阿拉伯语、法语，时而还要混搭着手语讨价还价，但也丝毫不影响我和菜农们的交易，反而我这张亚洲面孔出现在这里，菜农们兴奋得像是炸开了花，就连年轻一点儿的妇女也会稀奇地回头多看两眼，心想：唉，这个亚洲女人怎么会出现在这里？

渐渐地，手里的食材变得越来越重，终于凭着直觉，朝着日落的方向走出了老城。城外白墙上，一眼望见上面画着个严重驼背的老妪，拄着拐杖，耸着肩。不知为何，涂鸦让人看着觉得有些心伤。

城外的拐角处，我等待着红绿灯准备过马路，一辆木板车上放着的外形特别的水桶吸引了我的注意。一问，才知道这里面全是鲜榨的柠檬水，夏日消暑必备。可我已经喝了一路，胃已经没有空间再装了。没空间装，挤到嗓子眼儿也得尝一尝，我喝了一小杯，免费的。没办法，我拗不过热情的摊主。

我琢磨着，同在一座老城里，质朴的菜市场区人民和充满铜臭的“奢侈品”区商贩带给我的感受竟如此不同。

哈桑二世清真寺

哈桑二世清真寺，是一座可同时容纳 10 万人祷告的世界第三大清真寺，它濒临大西洋，有三分之一的面积都在海上，从市区出发需要驱

▲海滨的哈桑二世清真寺

车前往。它也是摩洛哥唯一一座对外国游客开放的清真寺，入寺需脱鞋脱帽，非穆斯林不可进入主殿参观。听说寺内满是伊斯兰的精美雕花和马赛克装饰，在阳光下会格外壮美豪华。我到达的时候正是祷告时间，遗憾不能入内欣赏，只能在它的外围上下打量。

很多当地人喜欢坐在室外露台上，吹一吹大西洋的海风、晒一晒和煦的阳光。50 米高的露台下是浅滩，浅滩上礁石林立。大西洋的海浪在上面击打起层层浪花，我小心翼翼地坐在露台边俯下身看，不禁吓得浑身起鸡皮疙瘩，生怕一不小心被猛的一阵海风吹落到礁石上，所以赶快缩了回来。滨海大道的沿线还有很多海滨餐厅，价格虽不菲，不过海产倒是很新鲜。

搓澡记

伴着 8 点还没有落山的太阳，我决定体验一下神秘的摩洛哥浴（又叫 Hammam），其实说白了就是公共澡堂。这种设施在一些发展中国家或者是比较落后的国家比较流行，20 世纪 80 年代的中国，公共澡堂也遍地开花。

在摩洛哥，人们愿意花上好几小时在澡堂里洗澡，和朋友聊天，所以澡堂也是当地人的重要社交场所，它既有实用性，也承载着文化性，虽然游客去体验的相对较少，但极富地方特色。

受摩洛哥美女乘务长的大力推荐，我来的这一家浴室几乎只有当地人知道。顺着楼梯下到地下一层，水蒸气瞬间把我包围，前台的胖大婶漫不经心地塞给我一张砂纸式的搓澡布和一把存放衣物用的钥匙，便继续着和她同事聊天的话题了。弥漫的水蒸气让这里的能见度变得很低，连呼吸都觉得费劲，我第一次来，有些丈二和尚摸不着头脑，不知往哪个方向去。幸好这时又来了一拨洗澡的人，我随着她们才来到了大堂。

公共澡堂的记忆都留在我的童年里，长大之后，真没和这么多人一起洗澡了，尤其是和平日长袍加身，脸都要遮起来的传统穆斯林女人。她们此时都解除了束缚，显露出珠圆玉润的身材，尽情享受沐浴所带来的放松与自由。我想，身体和灵魂的应该都有。当然，澡堂子也是小朋友的天堂，跟着妈妈、奶奶到这儿来，过一把泼水节的瘾，打小培养洗澡兴趣，传承，也就轻而易举。

大家都在各忙各的，我却不知道从哪个步骤开始。传统之所以传统，就在于它和我们平时正常的洗澡程序大有不同。还好我寻觅到一个正躺着搓澡的年轻美女，她用流利的英文把我引向了不远处的蒸汽室。在这里，进行沐浴的第一步是将身体打湿。我仔细观察着，只见她们坐在大理石的凳子上，熟练地拧开两个冷热水龙头，将水调到合适的温度，待到面前大理石雕花的小水池满上水，然后舀上一瓢开始往身上浇，我一边看一边依葫芦画瓢。

既然是文化的传承，沐浴的一招一式也皆有定式。我再次回到了大堂，在搓澡区俯卧下来，迎面走来一位穿着背心丰乳肥臀的大块头，大块头是专门负责搓澡的，她接过我递过去的"砂纸"，舀了瓢水往我后背潇洒一浇，开始麻利地搓起来，此时，我像极了案板上的肉，"任她宰割"。

第一次被黑人大妈搓澡，那酸爽，难以名状。相比之下，我"娇小的身躯"去完死皮，感觉像一条去掉了鱼鳞的鱼，麻木了神经，身体已经不再是自己的。去好"鱼鳞"，她一抹额头上挂着的汗珠和水蒸气，开始用古法腌制我这条"鱼"：她娴熟地将土法熬制的阿甘油香皂涂抹全身，还没等我来得及反应，"哗"的一桶水从天上泻下来，是消防车灭火的那种冲击力，差点儿把我冲到了搓澡台的地上，还好我抓得紧。然后，她移步到我的头部，从脸盆大小的容器里抠了一块阿甘油香皂，和洗澡的同款，香皂洗头，威力无穷。她火力全开，充满力道地一边按摩一边清洗头发，非洲人哪会什么按摩，全是跟着感觉走。紧接着又是一桶水下来，飞流直下三千尺的攻势，像瀑布一样冲掉了洗发露。这时，我已经完全适应了她这种“撒、泼”的洗澡节奏，用一个字形容，那就是——爽。沐浴后，感觉皮儿薄一层，身轻如燕。她示意我去淋浴区做最后的清洁。哦，这是“自助餐“环节，难怪人们可以在这里待一整天。

摩洛哥式的水疗竟然有这么多流程。对于它豪放派的服务我还是非常满意的。从澡堂里出来，感觉整个人都焕然一新，涂抹上新买的摩洛哥特产阿甘油，让每一寸肌肤由里到外滋润一下，满足感爆棚。

在摩洛哥，好事儿坏事儿奇葩事儿都让我摊上了。比如，回程跟这群披着羊皮的出租车“狼”斗智斗勇。

我的经验教训便是：在摩洛哥，如果决定打车，务必要备好零钱，否则他们要么多收你几十块，然后装傻听不懂，无论停下车耗多久也不会把钱还来；要么玩一些小花样，比如，在假装当面点清钱数的形式主义下，偷梁换柱，把原本要找的 15 块硬币换成 10 块硬币，手法娴熟，像在变魔术，真是让我好气又好笑。

我遇到的是第二种骗术。无奈只能拿出川剧变脸的架势，从刚才还和搓澡大妈有说有笑的好客人形象变身成圣斗士。蹩脚的阿语和法语不能说服他们把钱找给我，于是只能用最拿手的重庆话朝他们大声喊去，反正也是对牛弹琴，至少重庆话的架势不输场合。我虽然是来自亚洲的独行侠，但也是不好欺负的重庆妹子，辣！

卡萨布兰卡，这座原本只属于一首歌、一部电影、一座想象中的滨海城市，现在于我，是市井气，也是立体的。

阿尔及利亚——空白国

北非印象于我，除了曾去过的摩洛哥，就只剩下三毛笔下的《撒哈拉的故事》和那只《哭泣的骆驼》。

对于阿尔及利亚的首都——阿尔及尔，我没有太多想象。只听朋友、前辈说过“这里的男人就跟‘饿狼’似的，我已经被派飞很多次了，从来不敢轻易尝试走出酒店大门”。简单解释就是“来这种地方，还是保命要紧”。

马蜂窝和穷游上也很少有关于这个国家的介绍和旅行日记，但越是这样，我越好奇，越想一探究竟。我只能神农尝百草，亲自飞往这里，探索这个让无数组员望而却步的“空白国”。

去之前我特意翻看了地图，才知道原来它濒临地中海，倚靠阿特拉斯山脉，背靠着广袤的撒哈拉沙漠，陆地面积居非洲国家之冠。

▲穿着黑袍的
阿拉伯女人

公司为了机组的安全，特意选址在滨海的“世外桃源”——希尔顿酒店。在海景中醒来，在跑道上度过晨练时光，或是到游泳池里畅游，晒个太阳，吹一吹来自地中海的暖风，度过悠然自得的一天，是大多数组员的不二之选。

面对度假式的外站休息以及航班上无数前辈的好意相劝，我几乎打消了出门的计划，准备享受安逸日子。直到我幸运地发现另一位中国空乘，也有出去看看的意思，星星之火再次燎原，发挥“神农”精神，我们相互撺掇，一拍即合，勇敢地踏出了酒店大门。虽然我是冒险主义，但考虑到这个国家的国情，我不想让旅行者的身份太过打眼，所以没带相机，苹果手机拍的照片还算清晰。

我们通过酒店，雇了一辆相对“靠谱”的黑车，司机是个只会说法语和阿拉伯语的老头儿，看着挺老实的，我们完全没有料到他伪善的外表下，打着开去市区走马观花一圈就把我们送回酒店，然后诈取 20 美元佣金的如意算盘。

老头儿先是按照我们的意愿来到了卡斯巴哈（Casbah,老街区地名）。这里是当地居民的聚居区，在离市区不远的一座小山坡上，房屋破败，凌乱的电线在巷隅间横七竖八互相拉扯。穿着阿拉伯长袍的年轻小伙站在自家的门栏上和对门的邻居有说有笑，两家人的窗户之间被充分利用，挂着晾晒的衣物。我们都很喜欢这样接地气的居民区，想要下坡看看，可是老头儿死活不让我们继续探索，他声色俱厉地说了一堆法语配上严肃的表情仿佛在告诉我们：“你们不要命啦？你们两个小姑娘在这里可是很容易被抢劫的。”虽然我们并没有听懂，但他着急得快要跳起来的阵势还是说服我们收起了好奇心，乖乖坐回了车里。盘山而下，来到了市区唯一的地标性建筑——大邮局。它是法国殖民时期留下来的标志性建筑，见证了阿尔及利亚的近代历史，穹顶的伊斯兰雕花装饰非常精美。可就连这儿，他也不让我们多停留，他指指手表，吵着要把我们拉回酒店。我却想：“这才多大一会儿啊，难得冒险来次北非，碰到一个也爱冒险的同伴，就这样走马观花地坐在车里兜一圈就回去实在是心有不甘。”老头儿着急了，我们也着急了，最后结果是：我们把老头甩了，继续冒险。但心里其实在默默祈祷“待会儿在太阳下山之前打到一个靠谱的的士顺利回到世外桃源。”

我们跳出了司机的“牢笼”，换上了自带的“2 路汽车”，视野一下变得宽广了。

这里曾经是法属殖民地，法国人对这里的影响相当深远。虽说这里地处非洲，但放眼望去，大部分都是白色人种，要不是男人穿着典型的阿拉伯长袍、女人包裹着头，说着法语和阿拉伯语，是很难断定他们的国籍的。这样的混搭实在和想象中的非洲太不同了，到了这里，我才知道，以后提到非洲，脑袋里不该只有黑色。

走的路多了，偏见也就少了。

市中心的建筑物是典型的法式风格，主街道像极了山寨版的香榭丽舍，门面规模却是摊位级别的，兜售的也是一些廉价的小商品，这里几乎没有游客。我走进一家冰激凌店，发现这里红橙黄绿的冰激凌都是用人工色素上的色。

阿尔及利亚人鲜见亚洲游客，别说走在街上，就连我们之前坐在车里都有男青年摇下车窗，对我们大喊“You are so beautiful.”（你们好漂亮）,没想到当时同伴居然还大胆地用阿拉伯语回复“Shukran”（谢谢），这样的全情互动真是绝了。

虽然“互动”这样的事在其他阿拉伯国家不是没有发生过，但这里的人有点“热情”过头了。男人们好奇地目不转睛看着我们也就罢了，就连女人也一样，仿佛我们亚洲人来自另一个星球。说实话，他们的大眼睛、高鼻梁、长睫毛以及立体的五官才是我们羡慕的，也许各有各的美吧。

我们走在山寨版的“香榭丽舍”，远远能感觉街对面一双双眼睛像聚光灯一样跟着，然后听他们隔着马路用中文和英文像复读机一样重复地冲我们喊：“你好”“漂亮”，无论我们装作怎样的淡定不理会，他们仍然乐此不疲地“单曲回放”。一些能蹦单词，自认英文好一点儿的男人甚至会横穿马路，死缠烂打追着我们聊天，像赶不走的小强。他们爱穿花衬衣配牛仔裤，大多长着轮廓分明的欧洲版俊俏脸蛋，却配置着非洲版缺乏营养的瘦小身材。

当我举起手机想拍几张当地建筑时，不远处表演欲极高的路人甲已经摆好了姿势,笑得比花儿还要灿烂，等待入镜，让我想起一首歌，他们的热情好似一把火，燃烧了撒哈拉这片无情的沙漠……

因为贫穷，阿尔及利亚人的生活水平和非洲其他国家没差别；因为贫穷，也几乎谈不上什么教育，满大街都是游手好闲的无业游民。

9 月的北非，是高中地理课中说的地中海气候，太阳落山，迎来无限清凉。乘着清凉，我们安全回到酒店。我站在阳台上，吹着地中海的风，海浪声是如此干净、纯粹。泳池旁的客人“晒”起了月亮，乐队把琴音奏响，是饶有情调的爵士风。这和白天我到访的世界大不同。金钱，把这里的人分成了两个世界。

望着天上的星星，我有那么一点儿理解，为什么三毛要把撒哈拉比作一头哭泣的骆驼。

你好，肯尼亚

2010年的夏天，我在美国迪士尼的动物王国非洲蒙巴萨园区，穿着传统的非洲彩色大袍（MUMU），兜售着各种非洲手工艺品。礼品店里播放的都是斯瓦希里语的欢快音乐和鼓点，也许那时就早已经奠定了我的非洲情结……

一直以来，对于肯尼亚这个赤道上的非洲大陆国家，尤其是住在这里依然坚持游牧的古老部落——马赛，我一直都想去探索。

11月的肯尼亚首都内罗毕，气候非常舒适，温度在17~27℃。机组刚到酒店，等着拿房卡，我抓紧时间去前台打听这里有什么可以玩的。听说离酒店步行距离就有一个手工艺市集，我开心得差点儿跳起来，身上还穿着制服，心已经飞了出去。黑人小哥哥一本正经地对我说："出门你可要多加小心，注意自己的财物，最好在天黑之前回来哦。记住，这是在非洲！”我微笑着狠狠点头，感谢这个热心小哥哥的友情提醒。

集市里的手工艺品大多数都是以地摊形式陈列，靠着围栏的摊主会充分利用地理优势把工艺品挂起来，提升卖相。这里的商贩非常“热情”，“热情”到可以用老奸巨猾来形容。只要我在谁的摊位前多看一眼，摊主便会根据我眼神的走向，将一串项链挂在我的脖子上，或者翻开我的掌心，硬塞进一个长颈鹿或者大象的木雕。如果不买，他们便会垮下脸，两手叉腰，恶狠狠地对你说：“不买可以，但照相可是要额外收费的。”

城市套路深，这是他们行里内定的规矩，我想一定是被游客惯的，我很不喜欢这样做生意的方式，和我想象中淳朴的非洲人民差距实在太大。

我辗转着一个又一个摊位，忽然发现一个正专心编制手工项链的老妇人，她那健康的巧克力色肌肤、彩色的披肩、质朴的眼神告诉我，她可能就是马赛人。垂肩的扩耳大洞，装饰着各种手工耳环吊饰，她只会说斯瓦希里语，因此我们只能用手语交流。我指着相机示意想要与她合照，她黑巧克力色的皮肤，让我举着相机调了好一阵光。旁边摊位上，一个会说英语的“热心”小女孩像紧箍咒一般叨念：“照相要给钱，一张一美元。”我把她自动屏蔽，她见我没有任何回应，方才闭了嘴。这时，老妇人把她脖子上的项链取下来挂在我的脖子上，没有多的言语，只是微笑着欣赏，眼神里充满了慈祥的目光，丝毫没有强买强卖的意思。项链是蓝色的，简单大方，我毫不犹豫地买了下来，因为喜欢这串项链，也出于对老妇人的欣赏，欣赏她所坚持的本真。

我的晚餐是在一家巴西烤肉店吃的自助餐，也是前台小哥哥强烈推荐的，说在这里可以吃到鳄鱼肉，我便兴冲冲地赶来了。餐厅的自助方式非常特别，并不需要客人自己取食，而是在每位食客的桌子上放一张小卡片，红色面代表“暂时不用”，绿色面意为“我要尝试一下新鲜的烤肉”。各人只需根据自己的就餐进度按需要翻牌子，自然会有侍者提着刚出炉的烤肉过来伺候。道理和咱们中国古代皇帝翻牌子选三千佳丽

▲我喜欢他们光滑细腻的巧克力肤色

侍寝雷同，区别是伺候你的不是佳丽，而是牛肉、羊肉、鸡肉还有鳄鱼肉等。

我几乎把所有肉都尝了一遍，要说这鳄鱼肉嘛，吃起来有点儿像鱼肉和鸡肉的混合体，色泽更近似鱼肉，肉质非常鲜嫩，没有什么腥味，虽然鳄鱼长得丑，但有时“鱼”也不可貌相。

要不是为了体验一把真正意义上的非洲游猎，我是绝不会在第二天早上6点就起床的。小时候隔三岔五去动物园，长大后直接到美国迪士尼的动物王国工作，要说什么狮子、大象，也都是见过了的，但总感觉只有非洲这片土地才能尽显动物的野性和本色。

以前，我就爱看《动物星球》和赵忠祥解说的《动物世界》，现在终于能体验真正意义上的非洲游猎，这着实让我兴奋了一把。通过酒店

▲看着这只小猴子那期盼的眼神，心都被萌化了

前台帮忙，我和一位罗马尼亚同事组成卡航代表团与另外三位来自阿联酋航空的空乘临时组成散团，出发前往内罗毕国家公园。

清晨的内罗毕凉爽无比，经过改装的面包车车顶是可以打开的，大家纷纷站起来寻觅着动物们的踪迹。成群的羚羊和大水牛埋头享用着新鲜的早餐，道路中间出双入对的长颈鹿相互撞击着脖子打情骂俏。斑马一家也好不热闹，小斑马刚刚在一旁撒完尿就又吵着要吃奶了。动物的都在各忙各的，秩序井然，互不打扰。它们不时地抬起眼帘看一眼我们的游猎车，然后目光随着车移动，直到我们消失不见。我想它们一定会疑惑："这铁皮盒子里都装着些什么动物呢？"

临近中午，天气开始有些微热，导游告诉我们："穿着皮毛大衣的狮子们这时一定躲在某棵树下乘凉纳荫。"虽然了解它们的习性，但我

▲凶猛的水牛

▲吃奶的小斑马

▲快乐的单身汉

们这位有经验的老司机也开了近 1 个小时的车，在国家公园里绕来绕去才终于寻到它们的踪影。一公一母两头狮子懒散地躺在合欢树底下，半眯着眼睛，毫不理睬我们这群“外来生物”。现在是狮子王的午休时间，它们不饿，自然也没有捕猎的大场面上演，我们没待多久就离开了。

游猎车开到一个小驿站，司机示意我们从车里出来。原来，手持长杆猎枪的护园人准备带我们徒步去寻找鳄鱼。在不远处的水塘里，见着两条鳄鱼躺在水里露出半个头，一动不动。我们说话声都很小，生怕惊动了它们，想起昨天晚餐的鳄鱼肉，我更是老实待着，不然今天我们就会变成鳄鱼的肉。在快要出园的时候，火眼金睛的同事又发现了珍贵、稀有的犀牛。非洲五霸（非洲狮、非洲象、非洲水牛、非洲豹、黑犀牛）中，除了豹子以外，我们已经搜寻到了四个霸主，也算是不虚此行。

一路上，大家和动物们都很和谐，卡航和阿航的空乘相处也非常融洽。听导游说，想要更加深入地体验，则要去距离内罗毕 6 个小时车程的马塞马拉大草原，因为只有在那里才能感受最原始、狂野的东非大陆。我在心里默默地记住了这个名字，埋下了星星火种。

在返回多哈的航程中，我有幸在驾驶舱里俯瞰了乞力马扎罗山和山上零星的白雪。这座赤道上唯一一座神奇的雪山，由于地球的变暖，积雪正一点一点融化。机长感慨地说："也许再过几年，这座赤道雪山就会永远消失不见。"驾驶舱里没有人说话，大家都陷入了短暂的沉默。

听说，如果能见到这座奇山上的积雪，许下的心愿便能成真。感谢机长让我在驾驶舱俯瞰乞力马扎罗，此时此刻，我只希望这座赤道雪山能美好长存，动物们能继续开心快乐地生活在这片非洲热土……

你不知道的卢旺达

非洲，我去过肯尼亚内罗毕、坦桑尼亚达累斯萨拉姆。它们算得上是非洲大陆的“发达”城市，除了发达，给我的感觉还有没完没了的交通拥堵。两个国家还分别拥有备受世人瞩目的马塞马拉大草原和塞伦盖蒂大草原，但对于住在这里的动物而言，都是一样的，不分彼此，没有国界。如果不深入东非草原腹地，根本无法感受属于非洲最原始的那股狂野气息。

可是卢旺达不同，从一开始就不同。

习惯做攻略的我在万能的谷歌、百度、马蜂窝和穷游网上开始搜罗，本想看看有什么旅行达人推荐的路线，搜索半天，唯一找到的信息却是 1994 年在这里发生的民族大屠杀和一部根据这段历史拍摄的电影——《卢旺达饭店》。

“省省吧，这里没有什么地标性建筑，这里是非洲，一切都是自然天成。”我为自己做好心理建设，带着一片空白的大脑出发了。

在飞往首都基加利的航班上，我幸运地遇到之前在卢旺达从事法语教学两年的比利时同事。从她那儿，我由殖民史开始了解这个中非的“千丘之国”——卢旺达。

它历经德国和比利时近一个世纪的殖民，却因祸得福，它的后裔除了会当地土语，还能说流利的法语、英语。可是相对闭塞的政治经济环境并没有让他们的语言天赋得到最大的发挥和利用，卢旺达仍然是落后的农牧业国家，也被联合国确定为世界最不发达国家之一。但在我看来，它虽不富裕但也不贫瘠。

难得一次，几乎整个A320机组（包括我在内的两名中国人、摩洛哥乘务长、科威特副机师）一齐出动探秘这里。我被选为领队，可能是因为我的旅行笔记上记录了比利时空乘推荐的地名。

话说既然来到了非洲，就得按这里的国情办事，按当地的常理出牌。信用卡在这里是毫无用武之地的。所以在出发前，我们都老老实实去兑换所，把美元换成了当地货币。一张纸薄的20美元，摇身一变，成了一万五千块卢旺达法郎，厚厚一沓钱，大家戏精似的拿着手里的钞票往掌心一甩，甩出个孔雀开屏来。

通过酒店，我们雇了个司机，他驱车带我们翻越山岭来到一个居民聚居区。人们生活在这一个个连绵起伏的小山头上，和我一样，算得上是山城人民。

虽然首都基加利在赤道附近，但因其山势海拔较高，所以气候不但不闷热，反倒非常凉爽宜人。司机兼地陪带我们沿着马路穿过小巷体验非洲山居本色。正是夕阳西下，余晖洒在涂得五颜六色的土平房上，显得美好、柔和。我们一行人的衣服也是色彩斑斓，站在一起却毫无违和感：副机师的西柚橙、乘务长的橄榄绿、中国空乘的可爱粉，还有我的香蕉黄，我们极有默契地把自己穿得这么色彩鲜艳，仿佛这才是配得起

▲首都基加利的人们都聚居在一个个连绵起伏的山头

非洲的颜色。

卖水果的非洲女人个个丰乳肥臀，她们把货物顶在头上，变成移动的水果摊，神情淡定自若，不露声色，透出一副马戏团的功底。

在这个用土坯堆成的小村庄里，最美的风景是住在这里的孩子。他们单纯、美好的心灵从水汪汪的大眼睛和笑容中就能折射出来。

那时正值放学，我们几个“白色人种”在街上瞎转悠，孩子们会隔着马路向我们投来笑容，是标志性的黑人牙膏那种。胆子大点儿的，干脆直接过来，友好地摸一摸我们的手背或是牵牵手，感受“白皮肤”到底有什么不同。害羞点儿的，就站在一旁，咧着嘴开心地笑，要是我主动伸出手，便会有好儿双手一同伸过来，然后拉着久久不放。

忽然，一个四五岁的小男孩跑过来，隔着 5 米的距离朝着我们背后喊道：“How are you？”（你好吗？）然后兴奋地跑开去。我回过头，像他期待着的那样也喊道：“I'm fine, thank you.”（我很好，谢谢你。）。

在基加利，穷点儿的孩子，连鞋也没得穿，但他们好像已经习惯了

▲我喜欢拥抱这里的孩子们，这种情感的传递简单而温暖

这样赤脚走在土坡上的日子。

一个年纪约莫两岁半的小男孩，独自走在不平整的缓坡上，踉踉跄跄的，被石头绊倒，也不哭，就自个爬起来了，周围也没有监管他的大人，我看着他的背影越走越远，直到在转角消失不见。估计他也不是第一次摔倒了。那小胳膊细腿的幼小身躯，摔着摔着也就长大了，长大了会变得比别人更强壮，因为上帝是公平的。

要说给我印象最深刻的，是在背街小巷里遇到的那个靠在家门柱子上发呆的 4 岁小男孩。起初，我和同事们有说有笑地走在小路上。因为他是静止的，所以我并没有留意到他的存在。等我们快走到他家门口时，他忽然动了，而且是张着双臂极速飞奔过来的，目标是我。对于他始料未及的“突袭”我吓得连忙退了好几步。一个熊抱，我的大腿一把被他抱住挪不动步，只见他把小脸贴在我身上，一副乖巧的模样。我摸了摸极富特色的非洲小卷毛，见他又连忙跑过去抱住了摩洛哥乘务长的腿，然后依次把其他同事的大腿都抱了个遍，感觉就像靠在他家柱子上一样踏实舒服。对于他的友好方式我感到十分意外，也格外动容。很久没有见过人这样表达对陌生人的友好了，干脆、直白，发自内心。来自一个非洲的 4 岁小男孩，他带给我们的，又何止一个简单的拥抱。它更是一种震撼，是人与人之间最真实的爱，这种爱无关年龄、性别、种族、贫富，这种爱让人欣喜、动容。他就像一颗小太阳，给人以温暖的光。他和我们依次拥抱过后又回到原来倚靠的柱子上，表情非常淡定，像什么也没发生一样，而我早已控制不住内心的喜悦和感动，冲上去，一把抱住他，送上了一个深深的吻。然后又贴着他光滑的小脸蛋，拿起相机记录这一刻，科威特副机师也被这样的气氛感染了，走上去在他另一侧脸颊上送上了一个吻。

小男孩的妈妈一边洗衣服一边开心地咧开嘴笑，一旁的绳索上挂着已经洗好的衣服。褪色陈旧的衣服上到处是线头，不知道已经伴随过这个家庭多少个孩子的成长。

从那一刻起，我就喜欢上了这里，喜欢上了这里淳朴的民风和这群可爱的孩子。

非洲物产丰富，水果新鲜，尤其是基加利的特产：赤道香蕉。

欧美人喜欢将炸薯条当主食，这里的人就物尽其用，以炸香蕉为主食，听说当地人还用赤道香蕉酿酒，我想口感一定很独特吧。

我们来到一个果摊挑选水果，并以照相为由，迅速“占领”了店主的摊位，一旁是她的女儿，手里拿着一本书，身着白色衬衫和牛仔裙，从块头上看，体格壮硕，像个男孩儿。我喜欢她们的非洲自来卷儿，于是霸占了店主的摊位，和她女儿挤坐在小凳上玩起自拍来，但其实我是半蹲着的，不敢全坐下来，因为担心迷你的小板凳会被我俩强壮的身板压坏。

随后，同事们也轮流坐在板凳上和女孩合影，像是见到了稀罕的大明星，围观群众就像在看戏，边看边笑。晚餐是在当地“富人区”的一家很别致的餐厅。昏黄的灯光，木质结构的二层楼，非洲色彩的装潢艺术，还有可以眺望另一个山头，看“万家灯火璀璨”的绝佳开放式用餐环境，

▲香蕉摊前我和女孩的合影

可以感受山城烟火气的露台，让游历了一天的我们胃口大开。

老板娘很美，高高瘦瘦，戴着银色的大耳环，在夜里还闪着光，衬得她黝黑的皮肤格外亮，像一个唱爵士的歌伶，气质型的那种。

我终于品尝到了香蕉酒酿，很特别的味道，微涩。大家举杯欢庆，感恩能在这个特别的地方，一起度过有爱的一天。

自然、淳朴，富有人情味，是我对卢旺达的第一印象，我想我还会再来的！

卢旺达孤儿院

也许是因为那个贫穷人家，4 岁小男孩冲上来给过我的拥抱。

▲看望卢旺达孤儿院的孩子们

也许是因为放学路上，陌生孩子们送来的灿烂的笑和问好。

我被贫穷却友好的卢旺达人民感动得彻头彻尾，次年 2 月，还不到一年的时间，我就迫不及待又回来了。

和第一次来的感觉大不同。阴雨的天气把彩色的非洲染成了灰色调，天气有些微凉。我打开行李箱拿出占了大半空间给孩子们准备的衣物、文具，准备去探望这里孤儿院的孩子。

因为是下雨天，本次航班的同事没有一个打算出门。我只好花重金雇司机单独向孤儿院挺近。被雨水溅湿的泥巴路显得格外泥泞，翻越山丘，我们来到一个似校舍又非校舍的地方，他示意这就是孤儿院了。门口停满了各种汽车，看上去更像停车场。后来才知道院方把空地用来出租，为孩子们筹措额外经费。在司机兼地陪的介绍下，一个皮肤黝黑的高个子负责人出来迎接我，并带我参观了这所孤儿院。

在教导室里，他为我简单介绍了孤儿院的成立背景，随后便带我来到厨房。与其说是厨房，倒不如说是柴房，一个穿着绿围裙的男人正在用柴烧火做大锅饭，烟雾弥漫，像极了20世纪80年代落后的中国农村。

踏过凹凸不平的土泥地，雨后低洼处积成的大大小小的水坑到处都是，他说这就是操场。

男生宿舍是钢架床式的上下铺，十几个人一起住。昏黄的灯光下，我看到一个男孩儿躺在靠墙的铁床上铺，盖着厚厚的被褥，一动不动。负责人说他病了，所以不能去上课，已经躺了好几天了，我沉默着，不知道该说什么。

女生宿舍的私密性要稍微好一些，4人一个小隔间，里面混住着从两岁到16岁的女孩儿，其中还包括一些聋哑人。

我走进黄色门板隔出来的小空间，女孩儿们看到我，既惊喜又胆怯。幼童区的孩子们明显要活泼很多，我蹲下来与她们拍照时丝毫不认生，搂着我的肩膀在镜头前做各种鬼脸。

从宿舍区走到教室，在昏暗得让人眼睛生疼的灯光下，不同年龄段的孩子们正围着小圆桌认真上自习。我在教室外透过玻璃窗，看到他们有的在画画，有的在写英文，很安静，没有一丝喧哗。墙上贴满了他们的画作和学习成果。

负责人领我走进教室，开心地对他们说："孩子们，看谁来了！"大家齐刷刷地把目光投向了我。"小朋友们，你们好，我叫Jessica（杰西卡），来自中国，我是专程来看望大家的。"我用较慢的英语语速简单做了自我介绍，没想到他们的英文比我想象中好。我的话音刚落，就听见这群"捧场王"的欢呼声。我想："在孤儿院的日子里，有人来看望，是他们最开心的时刻吧。"

我随后移步到了讲台上，问道："大家想不想学说中文啊？"

他们齐刷刷地回答："想！"

我随即拿起粉笔在黑板上写了5个汉字——你好，我爱你。并在汉字上标注了汉语拼音。我用手比画着声调，他们的小脑袋也随着我的手而一摇一动，认真地跟读：nihao woaini。

重复几遍后，极有语言天赋的他们就已经能说得像模像样了。我情不自禁地为他们鼓掌，他们也开心地拍起手来，露出得意的笑，那黝黑的皮肤将牙齿衬得更白了，个个都可以去为黑人牙膏打广告。

回到教导室，负责人叫了几个年龄较大的孩子试穿我从中国运来的衣服，并把文具交给了另外一位老师由其负责派发给孩子们。虽然衣服还有些偏大，其中一个男孩穿上我的那件蓝色T恤也只能说勉强适合，但穿上“新衣服”的他们，脸上露出一丝腼腆的笑容。

我依依不舍地告别孩子们，离开孤儿院，伴着夜色，吃着路边摊上买来的煎饼，提着两袋水果摊上选购的巨型芒果，带着满满的爱意回到酒店休息。

回想起大学时候，曾想参加无国界组织去非洲当义工，但苦于空有一腔热情却没有特殊技能，没有实现这个小梦想。但无论是像无国界的医生组织还是任何自发的义工形式，我，我们，都可以通过自己的方式将这份爱传递出去。

从这天起，飞行带给我的意义不再单纯是环游世界的旅行、吃喝玩乐的贪图享乐，更多了爱的传递。

大城小爱，小城大爱，我想这是卢旺达留给我的记忆。

微信公众号“你不知道的卢旺达”短片

掉入开普敦和约翰内斯堡的怀里

2 月，我在约堡过夏天

接到电话的时候，我已打包好飞往英国曼彻斯特的行李。结果班表君临时起意把我的航班改成了“约堡”。睡梦中，我向电话那头的工作人员傻傻问了句：“约堡在哪里，我怎么没听说过？”班表君连忙补充说：“哦，就是约翰内斯堡，在南非。”

“南非！那就是在南半球咯，此时是 2 月，那边就是夏天咯。”我在脑海里自问自答。

然后乖乖起床把行李箱里的毛衣羽绒服扒拉出来，统统换成了夏天的衣物。有一种“毛主席的战士最听党的话，哪里需要到哪里去，哪里艰苦哪儿安家”的大无畏精神。

到达约堡，正值上午，天光柔和。在飞机上俯瞰：大地连绵起伏，绿意盎然，上面散落着错落有致的小房子，阳光为它们披上了一层金色霓裳，我想这就是文明世界的黄金之都——约翰内斯堡了。

来不及有任何想象，它已猝不及防地出现在我的视界里。也许是青草的绿，也许是天空透彻的蓝，又或许是这 2 月天里，洒在南半球阳光的温暖，看见它的第一眼，便喜欢上了。

飞行的劳顿，最后还是败给了我对旅行的“贪婪”。我一下飞机，顾不上休息，便和韩国姐姐、波兰妞以及另外一个中国小伙伴组团前往了空乘都爱去的“必游景点”——狮子园。

前往公园的路很美。约堡不属于平原，到处是连绵起伏的小山丘。宽阔的马路两旁是及膝的青草和错落有致的高高矮矮的树，向前方望开去，是一道很陡的长下坡，离近了，也并不见得很陡了。再远处又是一段长长的上坡，和更远处山坡上散落的小屋一起组成了一幅 2 月里的夏日油画。

路过贫民窟，也路过这里简约、现代的建筑，广阔的马路上没有多少行人，只有在岔路口顶着烈日兜售汽车用品，或者拿广告牌的黑人。他们卖力工作却收入微薄，从他们身上依稀可以嗅到南非被殖民、黑人被奴役的历史。

到达公园后，导游叮嘱我们：“车窗最多只能半开着，头和手绝不能伸出窗外，今天正好是喂食日，如果不想缺胳膊少腿地回去，你们可都得老实听话哦。”

随着车辆慢慢挺近园区，我们的游览也正式拉开序幕。经验丰富的司机不一会儿工夫就寻到了狮子王和它的妻妾孩儿们的根据地。它们占据在一片树荫下，巨大的爪子按住猎物，张着血盆大口开始大快朵颐。因为是投食，所以这里并没有原始丛林里动物捕猎和争抢夺食的大场面。它们也没那么警惕，只是偶尔抬起眼皮看一看停在不远处的游览车，然后又继续全情地享用起午餐来。

▲狮子园里的动物们日子过得相当安逸

虽然名叫狮子园，但这儿还居住着一些其他动物。大家所熟知的《狮子王》动画片里的很多动物在这里都能够见到。比如斑马、鸵鸟、猎豹、山羚、长颈鹿，还有我们卡航的形象代言阿拉伯大羚羊。

隔着车窗看动物当然不能过瘾，园区里还为游客特设了和小狮子互动的场所。我有幸摸到了一只两个月大，正在酣睡的小狮子。它的毛发非常柔软，睫毛很长。工作人员在一旁耐心地告诉我："给大猫们'按摩'力度可不能太轻，不然它们会误以为是飞虫，然后用头去挠痒痒的。"听了他的解释，我赶紧加大了力度，顺着它的脊背向下抚摸。它乖极了，肚皮随着呼吸均匀地起伏，酣睡着不肯睁开眼睛。旁边那只 4 个月大的白狮子，个头明显壮硕了许多，已经有了狮子王的气场，让我不敢靠近，只能在离它不远处赶紧偷影。

太喜爱南非 2 月天里 20℃的气温：阳光下的温暖，微风中的凉意，这对我来说简直是个惊喜。

不到下午 4 点，我们的游览就结束了。剩下的时间，我们决定去酒店附近的曼德拉广场逛逛。

曼德拉广场位于桑顿的中心区域。为庆祝民主独立 10 周年，政府在广场上向公众呈现了一座 6 米高的曼德拉铜像，以此纪念这位南非的国父，和平的使者。

广场附近有许多不错的餐厅。人们三五成群，喝咖啡、聊天，在这里度过惬意的下午时光。

约翰内斯堡有很多"头衔"，它既是南非最大的城市、世界最大的产金中心，也是犯罪率最高的恐怖之都，有着深厚的殖民史。在南部非洲耀眼的烈日下，在繁荣的表象下，伏藏着罪恶。南非的失业率高达 40%，失业大军中绝大部分是缺乏技能、教育程度低下的黑人。但即便如此，约堡仍然处处洋溢着活力。来到这座城市，你就能明白那些执着地依恋着这座"世界第一危险城市"的南非人的心情。

无论是黑人原住民，还是荷兰及其他殖民国的白人后裔，他们的脸

▲曼德拉广场的悠闲午后

上总是散发着健康的光泽。

我想，这也许就是约堡的魅力。

一路向南

去过南非旅行的朋友都说开普敦风光旖旎，气韵开阔，我却只能眼巴巴地在约堡——开普敦的往返航班上粗略地从空中瞄一眼，在脑海里想象一下好望角的轮廓。非洲大陆的最南端，对我来说是一个可望而不可即的地方，我也从来没妄想过踏足它的土地。直到公司开通了直飞并带有驻外休息的开普敦航线，我才得以一路向南探索。

▲传说中的好望角

我想，除了南极，要想看野生企鹅，或许只有阿根廷和南非最南端的企鹅岛了。

10月的南半球，刚刚入夏。我来到开普敦东海岸的西蒙镇，这里有一个小海湾，它便是企鹅的家园了。记得那一天的风出奇的大，把细沙吹得漫天都是，打在脸上还有些疼。

身着黑白晚礼服，憨态可掬的小企鹅们整齐地伏在岸上，背对着狂风，悠闲地晒太阳。远处有两三只企鹅左摇右摆地商量着走近海边，海浪疯了似的拍打着岸边的礁石，人看着都觉得不寒而栗的恶劣天气，它们却丝毫不害怕，一股脑钻进了大海里。有时候真不得不佩服动物们的适应能力。游客在看台上疯狂地给小家伙拍照。它们也不认生，仿佛晒太阳、当模特已经成为它们每天的必修课。我想，它们知道“天生穿着礼服，就必须保持优雅”。

开往好望角的公路美景的确名不虚传。公路两边被这个季节特有的黄色花朵簇拥着，导游说：“这种花只在南非生长，其他国家绝无仅有，是这里的珍稀植被。”

迪亚斯岬角（也叫开普角）同属好望角自然保护区。它其实是一块巨大的岩石，海拔约200米，挺拔高耸。山顶上矗立着一座白色灯塔，原本是为远来的船只指点航向，但由于常年大雾，早已废弃不用，如今摇身一变成了热门的地标性建筑。游客乘索道或徒步而上，便可看见印度洋与太平洋在这里交汇，冷暖两种温度的洋流使海水呈现出深蓝与浅蓝。巨大的温差导致气压不同，使得灯塔上的风更加肆虐，游客们都只能喊话交流。

与其相距不到两公里的地方，便是名副其实的好望角了。一路上，黑人司机再三嘱咐我们：“大家千万不要打开车窗，要远离道路上游荡的狒狒。它们可不是什么好惹的家伙，会趁你不注意伸手进车窗，拿了你的包就跑，号称‘快手神偷’。关键是，它们的目标是包里可吃的食物，你们那些宝贝证件会被它们潇洒地扔进风里，吹进海里，哭都哭不回来。”正说着，便看到一群狒狒家族横在马路中间和车里的人们你看我、我看你，丝毫没有让路的意思。车辆放慢行进速度，它们还会在后面跟着走上一段，直到车越开越远。

越是靠近好望角，风就越发猛烈，它是世界上最危险的航海地段之一。当年葡萄牙航海家迪亚士把好望角取名“风暴口”，足见这里的大风大浪。到了这儿，也就意味着来到了非洲大陆最西南端，因为历史和地理的特殊性，政府在这里立了块木牌子，写上“美好希望的海角”，标注了经纬度的具体坐标，成了人们争先恐后前来“报到”的著名景点。

世界七大奇迹之一的桌山，由于当天风力太大导致缆车停运，我们与之无缘。政府也是聪明，了解这里的气候条件，在桌山对面的山丘上修建了观景台，游客们纷纷在一个“国家地理”造型的黄色大框内，以桌山为背景，一会儿站一会儿坐，搔首弄姿摆姿势，力图弥补未能登山这个小小的遗憾。

▲开普敦的落日光晕

开普敦的落日光晕把整座山丘都染成了金色，大家寻觅好有利地形，三五成群或者二人世界，坐在高处，期待这一天的完美落幕。小朋友们在齐腰深的草丛里嬉戏打闹着，远处的白色帆船漂在波光粼粼的海上，像“小王子”在孤帆远航。太阳落到地平线下，海水变成了浅紫色，气温开始骤降，我们也赶紧撤了。

然而，这些必游景点是远远不足以全方位领略开普敦的美的，因为开普敦还有蹦极、骑鸵鸟以及数不清的徒步路线等着游客去体验。

开普敦的诱惑

南非开普敦对于我的吸引，就像是地心引力一样无法抗拒。作为非洲唯一的发达国家，10 月刚去完，我已经迫不及待地趁着 12 月日益变好的天气，再一次踏上了它的国土，把上次由于天气原因错失的美景统统补回来，这是金牛座的执着。

和同事菲律宾华裔小妞合租了一辆车，开车的人是个体形肥硕的胖司机。他穿着白衬衫、牛仔裤，笑起来露出掉了几颗的牙齿，看上去格外忠厚老实。他根据我们的喜好，铺开地图，立刻为我们量身定制了线路。

无与伦比的天气，遇对人，便是完美旅程。

猎豹园是我们的第一站，也是计划之外却又情理之中的目的地。南非得天独厚的地理环境和气候，为野生动物提供了非常良好的生存环境。几个月前我在肯尼亚马赛马拉坐热气球时，曾经俯瞰到这群地球上奔跑速度最快的动物。当然，那时的它们只可远观不可亵玩焉，而这里的猎豹有些特殊，它们大多因为在野外受伤，被送到这里获得专业救助，自然，它们与人类就建立起了信任感。于是才有我们这群游客在这里和它们亲密接触的机会，门票筹得的经费也会用于园区的维护。

在工作人员的带领下，我们排成队，依次进行鞋底消毒，双手杀菌，然后小心翼翼地进入铁网园区，把自己和一只成年猎豹关在一起。我们屁颠屁颠紧跟着工作人员，从猎豹身后慢慢靠近。另外一位黑人工作人员已经坐在凳子上，不停地抚摸这只大猫的头部，安抚的同时也分散它的注意力。

只见它享受地眯着眼睛。白人工作人员引导我单膝跪地，用手由上至下抚摸它的背部。漂亮的豹纹，流线型的脊柱，这只大猫让我爱不释手。工作人员在一旁解释说："单膝跪地是为了在万一猎豹发脾气的情况下，最有效地撤离。而由于腹部是几乎所有动物的敏感之处，所以我们只限于接触它们的背部。"话音刚落，大猫略微一扭头的动作，吓得我赶紧缩回了手。当我鼓起勇气再次靠近它时，工作人员迅速按下快门，记录了我与这只大猫亲密接触的短暂而美好的时刻。不知它对我的按摩技术是否满意呢？

南非无与伦比、得天独厚的自然环境不仅是野生动物的天堂，同时还造就了南半球的葡萄酒乡，为人们提供了葡萄美酒夜光杯的品质生活。温差、昼长夜短以及沙砾质土壤，使开普敦散布着大大小小的葡萄酒庄。

在胖司机的推荐下，我们来到了历史悠久，始建于1692年的斯皮尔庄园。卡航商务舱经典御用白葡萄酒长相思便来自这个酒庄。

看到它醒目的标志，顿时备感亲切。硕大的品酒厅，从可以坐十几人的木质长桌到两人座的小圆桌，从舒适的沙发座到树荫下的户外区，坐满了世界各地的美酒爱好者。堆砌成梯形的橡木桶形成天然的隔断，让大家有相对独立的空间品味美酒。不远处便是葡萄园。帅哥品酒师诚意推荐了两款白葡萄酒以及3款红葡萄酒，从最爽口的长相思到南非特有的杂交品种皮诺塔吉，佐以芝士、熏肉与橄榄，体味美酒与不同食材搭配所变换出的奇妙口感，我幸福得有点飘飘然。

趁我彻底沉醉之前，小伙伴与胖司机连忙带我来到桌山。这个上次由于风大缆车停运而没能游览的世界七大奇迹之一，终于让我在更好的时间遇见了你。没有浩浩荡荡的排队大军，我们很快就坐上了登山缆车，向开普敦的制高点进发。随着海拔的升高，眼前的景象越来越开阔，开普敦城很快尽收眼底，颇有一览众山小的居高临下之感。越靠近山体，心情就越发激动，缆车员也跟着兴奋起来。只见他的手指轻触按钮，缆车360度旋转模式瞬间开启，让我们全方位无死角地感受美景。我不由得竖起大拇指，向缆车员点了个赞。

此时，我发现山上有个穿得异常鲜艳的小人在移动，定睛一看，居然是攀岩爱好者在徒手登山。神奇的大自然为这里的户外运动爱好者带来了灵感，也提供了无限的可能。不过桌山四周几乎都是笔直的绝壁，没有真功夫，可不敢轻易尝试。

▲在开普敦的Spier庄园，品一品醇香红酒，干杯

和大多数山体不同，由于这里的山顶从空中俯瞰，像桌子一样平整，常年的雾气远看像一块流动的桌布，桌山因此而得名。我们来到山顶，发现凹凸不平的地势并不像远看那样平整。天蓝得格外纯粹，坐在低矮的围墙上，面朝着南大西洋，让阳光亲吻一会儿肌肤。不经意间，我发现旁边竟趴了只旱獭，旁若无人地和我一起晒太阳。它面朝大海，上扬的嘴角像是在微笑。我想，这只幸福的旱獭一定对自己的高品质生活感到格外满意吧。眨个眼睛的工夫，小鸟也停了下来，加入了我们晒太阳的队伍。此刻，我们都是幸福的。

从山上下来，我们来到了热闹的市区——维多利亚港。不知碰上了什么节假日，老远就能听到从中心舞台传来的阵阵欢呼和掌声，我像打了鸡血一样拉着小伙伴朝那个方向冲去。舞台周围已座无虚席，肤色各

▲和南非小美妞的合影

异的人们被音乐的力量凝聚在一起。我只能在最后一排半蹲下来，以免挡住更后面的来人。这时，同样蹲在一旁的是一个梳着漂亮脏辫的黑人小姑娘。她两眼放着光地望着我，满怀深情地对我说了句："你真漂亮！"这句突如其来的赞美让我乐开了花。我望着她的巧克力肤色和那一脸纯真的笑容，也情不自禁地回了句："亲爱的，你也非常美。"

我喜欢不同文化、不同种族间的相互欣赏，喜欢这样毫不吝啬的赞美之词，就像这里的阳光一样，充满魔力，照得人心无比温暖。

生活在开普敦，人也会变得和阳光一样灿烂！

塞舌尔：一半海滩，一半森林

塞舌尔的英文发音是 Seychelles，听起来像 seashells（海贝）。

它的确像一颗散落在印度洋上的海贝，那么渺小。我小时候只在电视上听过它的名字，那时是如此可望而不可即。我从小幻想着，要是什么时候能去塞舌尔这座小岛，人生就完整了。

直到某一天，我的航班表里出现了它的名字。空间上的遥远距离变成了看得见的几个小时航程而已。

从天上俯瞰，塞舌尔像一颗绿色的“石头”散落在蓝色的海洋上。飞机降落在海边，湛蓝的海水近在咫尺，我甚至可以听到它的呼吸。

想象中的塞舌尔应该和其他小岛一样，包裹着蓝色海洋、白色沙滩。来到这里才发现，它还多了片绿色森林。

它地处南半球，我来的时候正是夏季，刚下过一场大雨，白色的迷

▲剪影

雾环绕着连绵的群山，空气中弥漫着海和森林的味道，我忍不住大口大口地呼吸。

公司为我们安排的度假酒店就在海边，一出房间就可以看到大海，生长茂盛的热带植被将我们屋外的空间隔成天然的屏障，却无法阻挡兴奋的同事们隔空喊话，商量出行计划。难得一次机组成员全体行动。韩国、泰国、中国、罗马尼亚、印度尼西亚、法国，俨然是一个联合国代表团出访非洲岛国的架势。

大家拿着“长枪短炮”开心得像孩子似的朝海边奔去。打水仗、游泳、在沙滩上疯跑或者摆造型拍照……玩儿也是体力活，加上飞行的劳顿，没一会儿工夫，大家就嚷着想要去撮一顿海鲜大餐了。

经当地人介绍，推荐的那家餐厅在岛的另外一边。我们住在海边，

▲狂欢前的合影

必须先翻越一座山，才能到达另外一头。这里开车是靠右行，山路崎岖蜿蜒，坡度极为陡峭，让我这个来自山城的妹子都感叹司机师傅驾驶技术了得。我们在车里抓紧扶手，伴着广播里传来的非洲鼓点，左摇右摆才到达目的地。

山的这一头，看见了很多当地居民，使得小岛更多了些烟火气。正值学生们放学时间，他们穿着统一的校服：白色上衣，蓝色裙（裤）子，背着书包走在道路两旁。游客的度假花衬衫、超短裙与他们一本正经的校服形成鲜明对比，我们相互打量着，成了对方眼中一道亮丽的风景。

既然来到海岛，必然要吃海鲜。餐厅就建在沙滩上，环境乍看还挺不错，我点了两条烤鱼配热带水果汁，起初并不觉得很有非洲特色，可吃着吃着，就发现多了很多“食客”。我这才觉悟到，在非洲哪里少得了苍蝇，它们嗅到鱼腥味便蜂拥而至，大家一开始还能平静地享用海鲜，到后来，演变成一边狼吞虎咽一边单手驱赶苍蝇的滑稽场面，最后我们还是败下阵来，狼狈地被苍蝇赶出了餐厅，同事们情不自禁地打趣着说：“Welcome to Africa！”（欢迎来到非洲！）

餐厅和礼品店是当地旅游产业链，我们来到附近一家礼品店闲逛，见到了塞舌尔的国宝——海椰子。店主是土生土长的塞舌尔人，收藏着一颗珍贵的海椰子，这对于当地居民来说是一件引以为傲的事。

她极富渲染力地为我们这群游客科普着关于海椰子的基础知识：海椰子果实是植物王国中最大、最重的种子。海椰子树成长 25 年才完全成熟，可以开花结果，而一个海椰子果要 8 年才能长成。也就是说，等一颗海椰子落地，至少要 33 年。它的树龄最多可达 400 岁！海椰子树是一种富有神秘色彩的树种。这种树雌雄异株，有趣的是如果雌雄中的其中一株被砍，另一株便会“殉情”枯死，因此塞舌尔居民称它们为“爱情之树”。更奇特的是，海椰子树不仅树分雌雄，果实也有雌雄之分。雄树的果实呈微弯曲的长棒状，长一米多，近似男人的生殖器；雌树的果实呈椭圆状，近似女人的臀部。

她像背课文一样，无间断地背出了这些信息，然后大方地将她的宝贝递了过来，让我们零距离接触。海椰子的手感很奇特，摸上去像椰子壳，但特有的女人臀形又提醒着我这可是国宝，不可与普通的椰子同日而语呢。这个女店主并不能从这个国宝中获得任何实际的利益，但她仍然乐此不疲地为每一个进店的游客做科普宣传，她早已经把自己这个普普通通的女店主化身成了塞舌尔的文化宣传大使，而这样的举动也在不经意间让客人在她的小店驻足了更长的时间。

回到酒店已是夜幕初上，正好大堂在举办鸡尾酒派队，还有乐队现场演奏，气氛很好，我索性也自制了一杯柠檬薄荷鸡尾酒，伴着非洲的鼓点和海的交响入夜。

小岛居民的幸福生活

曾以为，人生来一次塞舌尔就算完整了，如果来第二次，就算开挂的人生了。

班表君宠幸，让我的人生开挂了。第二次来塞舌尔，我计划着想见见它的全貌，这一次，我是单独行动的。

丹尼尔是我雇的一个黑人司机，带我环岛游。他看起来也该有 40 岁了，说话恭敬礼貌，带着一点儿法式英语的腔调，开着一辆崭新的商务越野，顺着盘旋而上的山路，把我带到了主岛的最高处。他说这是一家茶叶工厂，主要出产红茶，而且是个制高点，基本可以俯瞰整个主岛。随后又沿着滨海大道行驶到植物园，我们一路走走停停，要是渴了，就在路边的瓜果摊买一个大金椰子把肚子喝饱。

可是，比起这美丽的小岛，岛上的居民却让我印象更加深刻。不用扯得太远，认识其他岛上居民也没那么多时间，我只想聊一聊黑人司机丹尼尔。

他是个自由职业者，拥有一辆崭新的商务越野车，主要带像我这样的游客包车环岛游，不隶属于任何单位机构，自己既当老板也当马仔，每天只接一趟活儿。他不用举着小红旗像导游一样到处解说，反正开到目的地，游客想玩多久就玩多久，他把车往旁边一停，放下椅背，听着小曲，跟着哼哼。这是他的生计，听起来似乎这个人也没什么特别的。

别急！

丹尼尔有一栋小房子，在半山腰，是诗里面说的“面朝大海，春暖花开”的那种。他还有一艘快艇，每到周末，他会邀上三五兄弟，驶到远一点的大海玩海钓或者潜水。

我问他："你有潜水资格证吗？"

他说："我没有证，但可以潜到水下 100 米。"

"水下 100 米！"我倒吸了一口气。心想："我刚刚的确问了个白痴问题，这可是依水而生的小岛居民，娘胎里就会玩水的那种，要证来有什么用，100 米已经能够说明很多问题。"

看着他黝黑的肤色和小岛居民散发出的特有的阳光气息，我没什么可质疑的。

因为职业上的自由和经济上的宽裕，他每隔三五个月，便会一个人外出旅行，去欧洲、去美洲，他说下一个目标将会是亚洲。

丹尼尔：有收入不菲的自由工作；有可以自己主宰的时间；有说走就走的勇气和实力，他既是游客眼中的小导游，也是"能朝九晚五，也能浪迹天涯"的小岛居民。

羡慕吗？

反正我是真的嫉妒了。

微信公众号"掉入开普敦和约翰内斯堡的怀里"短片

Chapter 3

从北美到南美

From North America to South America

芝加哥初印象

我的初中时期，风靡着一部生活化的美语教材——《走遍美国》。那时候的我，盘算着，要想走遍美国，花多少钱且不说，光是办美国签证，那一堆烦琐的准备工作就足以把我折磨得够呛！所以，这件事在当时也只能停留在幻想的阶段。

我上了大学，去美国迪士尼交换学习、工作之后，行走美国，便一发不可收。

从奥兰多奇幻的迪士尼乐园到迈阿密的迷人海滩，从三次造访的大都市纽约到政治中心华盛顿，从同志圣地旧金山到天使之城洛杉矶，还有赌城拉斯维加斯、购物乐园休斯敦，一直行走到了爵士之城芝加哥，加入卡航，走遍美国似乎不再是遥不可及的事儿了。

不知不觉，去了不少美国城市，无论是到此一游的打卡式行走，还是深度的探索旅行，美国总是让我钱花不够、不够花。所以，不管它充满着怎样的诱惑，从腰包的角度考虑，我还是友情提醒朋友们：来美国，须谨慎！

爵士之都芝加哥是一座非常具体的城市，天蓝得纯粹，风大得惊人，夏季的气温凉爽撩人。

初来乍到的第一天，就嗅到空气中弥漫着一股特有的美国味。

是什么味？

热狗、爆米花、炸薯条还是芝士的味道？我想都有。这些高热量的代名词，我光是闻一闻混杂着这些食物的空气，身体的脂肪都会不自觉地膨胀。

难得机组全体行动，不过是被副机长忽悠来参加一个街区派对的。说到派对、芝加哥这样的字眼，不禁让我想起曾经在纽约百老汇看过的一场经典的《芝加哥》爵士歌舞剧。灯红酒绿、嘈杂浮华的大都市里，红男绿女的滑稽故事永不消停。我正期待着真实的街区派对会上演的好戏，随副机长到了目的地，却发现这里安静得出奇，他赶紧拿出手机查找活动信息，在询问了几个路人甲确认信息错误后，最终不得不放弃。

美式街区派对扑了个空，所有的想象还得继续老老实实待在脑子里，我们站在无名街区的十字路口，四处张望，发现了一家看上去还不错的餐厅，已是饥肠辘辘的我们似乎也只有在吃这件事上能够迅速达成共识。

对于美餐，我不太感兴趣，因为太过肥腻，索性点了超级大分量的美式热狗配薯条简单塞饱自己的胃。这时，经验老到的缅甸乘务长（爱称“小黑妹”）叫来服务员，酒单都不带看的，直接点了四小杯不同口味的啤酒。我的印象中，啤酒不都是一扎一扎地喝吗？怎么到了美国竟婉约起来了，这玩的是什么花样？

酒上来后，我才注意到桌子上摆着一张 A4 大小的餐垫，上面画了四个圈，和小杯子大小正好一样，圆圈下方有一条下划线，用来写上所对应的啤酒名字，再下方，印上了言简意赅的文字帮助客人观察酒体、识别香气、体会口感。

小黑妹以迅雷不及掩耳之势喝完了一轮，再次叫来酒保。这一次她从四小杯中选出了最喜欢的口味，豪放地要了一扎。我这才知道，原来啤酒坊餐厅利用食客的好奇心，让他们先少量品尝不同口味的酒类，从而选出最爱的一款一次喝个够。

第二天一大早，我和小黑妹以及葡萄牙同事结伴而行，搭乘小火车再次来到市中心。林立的高楼和上班族匆匆的脚步让我有一种置身纽约的错觉。

“会当凌绝顶，一览众山小。”人类对于登高望远的极致追求似乎永不停歇。就像纽约的帝国大厦，迪拜的哈利法塔，巴黎的埃菲尔铁塔，上海的东方明珠一样，芝加哥威尔士大楼的透明阳台是攻略里必去的景点之一，因为在这里，可以将城市中心尽收眼底。

▲站在城市的透明阳台上可以把芝加哥市尽收眼底，唯一的缺点就是排队的人太多

▲美式自我娱乐

塔楼的观景台有延伸出楼体的透明玻璃阳台，垂直向下望去，能看到街上蚂蚁大小匆匆行走的路人。我试探性地走上了阳台，一开始还是不可避免地担心会不会突然承受不住游客你来我往的压力而掉下去，小黑妹不断提醒我，向远处看，我一抬头，不远处竟是美丽的五大湖之一的密歇根湖，它映衬着夏日的蓝天，壮阔得像海一般，望不到边际。湖边的白色游艇，如珍珠般散落在岸边，我之前的担忧瞬间消失得无影无踪。

千禧公园是芝加哥的另一个地标性建筑。到了夏日，这儿尤其热闹。遛狗的、跑步的，或者闲坐着晒太阳的，一派生机。公园门口还有一个巨大的形如豆荚、具有哈哈镜功效的公共艺术雕塑——云门。各地游客看着云门上“奇形怪状”的自己都童心大发，搔首弄姿地拍照自我娱乐。我们没有逗留太久，只是拍了几张到此一游的打卡照片，便迫不及待地要大肆血拼了，因为购物是我来美国不得不干的一件大事。

看着早就准备好的购物清单，我还没迈开步子，就已经预感到“银子”

哗哗往外流的架势。好在卡航财大气粗，从不拖账，有时还会来点儿惊喜。比如，这天一大早，我还没从酒店出门，就收到月底工资到账短信，我的底气一下大涨。带着阿Q精神，告诉自己“在美国花钱就等于赚钱”。为了把时间利用到最大化，我和小伙伴们决定分头行动。

我连走带跑地冲进位于正街的苹果旗舰店，入手一台最新款 Go Pro3（极限摄像机）。机身小巧得只有半个手掌的面积，我盘算着，以后滑雪、滑翔、潜水那些拉风的极限运动镜头，都靠它捕捉了。因为价格不菲，加上时间有限，在逛过了几家必去的服装店之后，我很快就收手，打道回府了。

第一次来芝加哥，我做了一个典型的打卡游客：去了必看的威尔士大楼、云门和千禧公园；品了必吃的厚底比萨、风味热狗以及特色啤酒。如果有下次，我会选择去听一场爵士乐。

也许，那更能让我体会，芝加哥有别于其他城市的魅力。

我在华盛顿 D.C. 遇见林肯

由于是备班（在家待命，随时等通知备飞，可能是上百条航线中的任何一条）叫飞的华盛顿 D.C.，飞前我没有任何计划和行前攻略，稀里糊涂就来到这里，甚至给张美国地图，我都指不出自己的所在位置。

还好，我有收集当地地图的习惯。所以，一到酒店，就问前台要了一份华盛顿的地图，可前台那位身材颇像派大星（海绵宝宝的好友）的胖阿姨故意问："You wanna Washington states or Washington D.C.'s?"（是要华盛顿州的，还是华盛顿 D.C. 的地图？）

我蒙了，心想："不都是华盛顿吗？有区别吗？中国地图，我都没背得完全，哪能分得清你们的？"从她问话的语气上看，并不友好，是想捉弄我的样子。我又不想被她看出不熟悉地理的马脚，灵机一动，连忙说："Of course the map here,please."（当然是我所在这个地方的地图咯。）我的笑话没看成，她塞给我一张地图，但挤眉弄眼的微表情上写满了不情愿。

为了避免再次尴尬，一回到房间，我就忙不迭地开始地理知识“充电”。这才弄清楚，华盛顿州是美国五十州之一，位于美国西北，与加拿大接壤，地理位置大概就如新疆之于中国；而华盛顿 D.C. 则是美国首都，不属于任何州，在美国的东北部，靠近纽约。我这才恍然大悟，在清楚自己的地理坐标后才安心。

搭车记

大家来美国的理由有千万种，但至少有一条是共同的，这便是购物。

我们所住的酒店旁边，步行距离就是梅西百货商圈，里面有美国著名的食品连锁——Cheese cake factory（芝士蛋糕工厂）。我与格鲁吉亚美妞、乌克兰胖哥哥一起享用了一顿美味的晚餐，随后兵分三路，各自行动起来。大家积蓄太久的购物欲终于可以在合适的地点、完美的时间爆发了。我虽然不是奢侈品控，但对于富有设计感、质量优秀、性价比高的美物是没有任何抵抗力的。

为了尽可能提高效率，在店与店之间，我几乎是以竞走的速度行进。也不知过了多久，各门店开始陆陆续续打烊，我两只手臂上也挂满了各种购物袋。手表指针指向晚上 9 点半，掐指一算时差，此刻正是多哈时间凌晨 4 点半，我还提着大包小包迟迟不归，不禁为自己的“战斗”精神所折服。

此时此刻，我必须承认：购物，的确是空姐的日常，而买到“失心疯”更是每个空姐到美国的自然状态。庆幸还好商店及时关门了，不然照这样的架势下去，势必变成“负翁”不可。

我跟着第六感走出商店的大门，打算原路返回，没想到竟误入了黑压压的室外停车场。周围安静极了，我甚至能听到自己的呼吸声，心想“反正酒店也不远，无非多走两步，怎么也能绕回去的”。但在这地广人稀的美国郊区，事实证明我太天真了。刚刚还满腔购物热情的我，现在连走路的心力都消失殆尽。两分钟的时间，我连半个停车场都没能绕出去，越走越不对劲。我观察着周围的动静，早已透支的身体根本没空去担心像美剧里演的那些停车场里可能上演的失踪案情。

这时，我看到一个黑色物体在不远处移动，渐渐靠近，定睛一看原来是一位黑人兄弟正驾着他有点儿破旧的“二手车”缓缓驶出这里，就算我再没心没肺，也不敢挑战自己的运气，将他的车拦下来问路。

就在此刻，我又听到不远处引擎巨大的轰鸣声，这次是一辆两座的跑车，我以比跑车还要快的速度扫描了驾驶室的车主：男，小麦肌肤，身着西装，乍看还算面善。我鼓起勇气，或者说别无选择地拦下了他的车。只见他摇下了车窗礼貌地问：“Miss, how can I help you ?”（女士，需要帮助吗？）而我却只挤出了几个字：“I got lost.”（我迷路了。）也许你会觉得从酒店到商店步行距离的路程都会迷路实在是可笑，要是在咱们大中国，听首歌的工夫也许就走回去了，但这是在美国啊，入夜后的郊区晚上，真是打着灯笼都难找到一个人问路，哭都哭不回去。

他一脸惊愕地问：“So where are you going to ? ”（那你要去哪儿？）

我微微举了举手臂上的袋子说：“I was about to go back to Marriott hotel which is walking distance from the mall.”（我本是打算回商场附近的那家万豪酒店的。）

他听完，便顺着商店的方向指去，示意我从刚出来的大门进入，再横穿过去，应该很快就可以到。换作平日，我会毫无疑问地谢过他，然后寻觅回去的路。而今日不同往昔，因为不想走路，我戏精式地加重语气说：“It seems quite far.”（好像还挺远哦。）

先生心领神会地问：“I can give you a ride, if your want .”（如果你觉得 OK，我可以载你一程。）

我像抓住了救命稻草一般，几乎不假思索地回答道：“Yes please, I

would be really appreciate！”（太好了，真是很感激您啊！）然后跳上了他的跑车。

短短不到5分钟的车程，我们开始了猜国籍的小游戏。小麦色的肌肤加上西班牙语的口音，让我猜想他应该来自南美洲。果然，这位西装革履的好好先生是从哥伦比亚移居美国的，看样子在这儿混得不错。当他猜测我来自蒙古时，我竟一时语塞不知道该如何作答。我曾经被同事当作韩国人、日本人、菲律宾人，有时还可能是泰国人，可蒙古人，我还是第一次听说。

我们起初还有说有笑，忽然他一脸严肃地问："Is this your first time in the U.S.?"(你第一次来美国吗？)

我心想，他为何会这样问呢？我还没想明白，他便紧接着加强了语气说："Never ever get on a stranger's car in the U.S. for God's sake."（看在上帝的分上，在美国千万千万不要随便上一个陌生人的车。），听起来像长辈在教育晚辈。

我一脸错愕地望向他，竟开起玩笑说："You are talking about yourself？"（你是在说你自己吗？）

他无语地摇摇头："I will take you to the hotel safely, but for your next time, don't try your luck, Miss."（我会安全把你送回酒店，但是，女士，下次请不要这样碰运气了。）

只记得，那时的我已经累晕了头，全然把这些出行安全统统抛在了脑后，这位好好先生这么一说，让我开始反思和庆幸起来。

酒店到了，我准备下车，却怎么也挪不开身体，购物袋在狭小的跑车空间里已经快摞到挡风玻璃。我摸索着找寻门把手。先生见状，深吸了口气，下车绕到我跟前，绅士地打开车门，接过我所有的购物袋，腾出空间方便我下车。

带着万分的感谢，道别了好好先生，我安全地回到了酒店，甚至比我想象中还要顺利，但他的一席话，也让我警醒：出门在外，为了自己，也为了家人，在美国停车场搭车碰运气这样的事儿，还是不做为妙。

王者之城

第二天一大早，我毅然决定加入南非哥、印度姐的行列去市区。因为这样似乎才算得上正式来到美国政治小心脏——华盛顿 D.C.。我们打算用一天的时间快餐式感受这座王者之城。

这里聚集了很多国家级的博物馆和纪念馆，景点非常集中，那些叫得出名字的地标建筑都是步行间距，最重要的是：全部免费！

我们刚出地铁，就远远望到 CNN 出镜率极高的白色建筑物——美国国会办公大楼（又叫国会山），这座皇冠型的圆顶大楼是华盛顿最引人注目的标志之一，电视台报道有关政府决议时，常常以其为背景，再配有“白宫方面宣布”等字幕，让很多人都误以为是白宫。

在它的西面与其遥遥相望的是林肯纪念堂，总统雕像放置在纪念馆的正中央，神情庄严肃穆，林肯安坐在大理石造的椅子上。这位美国最伟大的总统之一，不仅废除了黑人奴隶制，还在南北战争（美国内战）爆发期间，击败了南方分裂势力，维护了国家的统一。只是，在内战结束后不久，便遇刺身亡，成为美国第一个遭遇刺杀的总统。

我们拾级而上，瞻仰这位伟大的总统，颇有一种朝圣的感觉。

顺着林肯总统的眼神望去，如利剑般的华盛顿纪念碑倒映在反思池中，冬末的 2 月间，池水两旁的樱花树光秃秃的，只有野鸭子在水里寻觅着一丝温暖，在寒冷的冬季，给人以生机。

介于林肯纪念堂和华盛顿纪念碑之间的，是美国国家“二战”纪念碑，整个纪念馆的设计呈下沉式椭圆形广场，是为纪念在“二战”期间服役的 1600 万美国军人修建的。碑体刻着“Here we mark the price of freedom”（这就是自由的代价），掷地有声，发人深省。

▲如利剑般的华盛顿纪念碑倒映在反思池中，只有野鸭子在水里寻觅着一丝温暖，在寒冷的冬季，给人以生气

我们不知不觉就来到了奥巴马的“寝室”——白宫，从外形上看，这是一座低调的白色小房子，只有三层楼高，没有想象中霸气，外墙的围栏不足两米，身手敏捷的人要想翻越，想象中应该是一件轻而易举的事。当然这也只能停留在想象中，因为这周围不知有多少便衣护卫、特工警察和狙击手在站岗放哨。既然这里“只可远观，不可亵玩焉”，拍了到此一游的照片后，我们便离开了。

偶尔变成和地标性建筑合影的大众游客也无妨，我没有做功课，对于曾经历史课本上学的皮毛知识也基本还给老师了，如今只有词穷。对于那些建筑上全部用大写字母拼写的美国史诗，更是不知道何年何月才可以读完……罢了，罢了。

天气超赞，空气格外清新，偶尔可以嗅到街边小摊贩卖热狗的味道。我们回到林肯纪念堂的台阶上坐下，抛开这些厚重的历史和复杂的政治，还是做好小老百姓，看野鸭子戏水，等樱花树来年花开，享受这美丽的冬日暖阳吧。

纽约：喝鸡汤长大的城市

我想，一旦中了“俄罗斯套娃”的美国班魔咒，想要脱身是相当困难的。这不，我从休斯敦刚回来没两天，又马不停蹄地飞去了时尚大都市——纽约。

都说，每个人都有一个纽约梦，都想来这座世界级的魔都看一看、瞧一瞧，听一场高水准的百老汇音乐剧，逛一逛名品聚集的第五大道，或者去美国的金融中心——华尔街寻觅大金牛的踪影，蹭点儿牛气，希望来年股票大涨。

我很幸运，这个纽约梦在2009年当交换生时就实现了，傻傻地以为人生就此圆满了，却怎么也没想到会三次回到这里。

移民官的巧克力惊喜

在我的印象中，美国的国门向来不好进，除非你选择跟旅行团走马观花，否则要是自助游，从面签到过移民关卡，都得备好说辞，以备官员们的随机抽问，要是哪一步没走好，都有可能被拒之门外。

我在 2009 年第一次踏出国门时，就闹了个笑话。记得当时飞机降落到亚特兰大机场，我的目光就被大块头的美国人以及黑人兄弟的飞天翘臀所震撼到，看着浩浩荡荡排队等候入境的队伍，可能因为那时年纪轻有些小紧张，以至于在入境时，官员问：“How old are you?”(你多大？)这种级别的问题，我想也没想地答道：“I' m twelve.”（我 12 岁。）黑人兄弟放大那白得发亮的眼睛吃惊地望着我说：“You don' t look like twelve!”我这才反应过来，对自己把 twenty（20）说成 twelve（12）的行为哭笑不得。移民官随机加了几个问题，在确保我听力口语水平正常，刚才只是口误后才放了我一马。

当然，我加入航空公司以后，待遇就大不同了。机组有专用通道，基本不需要排队，乘务长只要将机组名单递给移民官员，经过依次核查组员护照信息、按手印和拍照以后便可快速通关。每当在一旁排队苦等的旅客向已经入境的我们投来羡慕的目光时，拉杆箱的风采才得到淋漓尽致的体现。

这一次的纽约肯尼迪机场入境，我结束了 12 个小时的超长飞行，已是满脸倦容。脸上还是坚持撑起职业笑容来到一个白人移民官的面前，只见他接过护照本顺势举到齐眉高的位置，用他的火眼金睛开始“扫描”，变化的表情仿佛在说“证件照和本人真是大不同啊”。我也没太在意，只是耐心等待着他例行公事的入境检查，脑子里一片空白。

没想到他忽然说：“哎呀，你的生日快要到咯！”说完便将一颗德芙黑巧克力递给了我，笑眯眯地预祝我生日快乐。这颗爱心巧克力仿佛有魔力一般，瞬间赶走了我一夜未眠的疲惫，让我原本倦怠的笑容变得无比灿烂。

都说美国是全世界产销量最高的“心灵鸡汤大国”，从小“喝汤”长大的他们，大部分人对于生活都持有积极乐观的态度。哪怕是在我个人看来枯燥无味的检查护照工作，他也能乐在其中，我想这是由态度决定的。

一块普通的巧克力、一句简单的祝福，为我带来了一天中的快乐时刻，也为他的工作带来了巨大的满足感。

MOMA 博物馆

我们住在纽约郊区——长岛，离曼哈顿“十万八千里”，但金牛座固执，再遥远的距离也阻止不了我去市区的决心。

三过家门而不入的，那是大禹，而我决不允许自己三次来纽约还不去看看心心念念的纽约现代艺术博物馆（MOMA），这个位于曼哈顿第53街（在第五和第六大道之间）的博物馆收藏着许多世界上最杰出的现代艺术画作和当代建筑设计模型，比如，割耳朵的“疯子”画家凡高的《繁星之夜》，法国画家亨利·卢梭的《睡着的吉卜赛人》《梦》等。

在繁华的大城市里，我喜欢躲进相对安静的博物馆，因为这里蕴藏着城市的历史、城市的文化。它像是一双眼睛，带着我用全方位的视角去观察、去思考，让苏格拉底诠释的“越学越无知”的真理灌满心与灵。

从梵蒂冈博物馆到巴黎卢浮宫和蓬皮杜艺术中心，从伦敦大英博物馆到纽约大都会艺术博物馆，最后到现代艺术博物馆 MOMA，在艺术面前，我渺小得像一粒微尘。以至于每次有去博物馆的计划，我都会提前翻看《博物馆之眼》这本介绍各国重要博物馆的书，想要临时抱个佛脚，但深知这种功夫还得靠日积月累。

▲半裸男模正在和店里的长腿美女交谈着什么

在这些参观过的著名博物馆里，我最青睐的还要数收藏文艺复兴时期艺术三杰作品最集中的梵蒂冈博物馆。因为在 MOMA 的藏品中，除了少数那些我叫得上名字的画家和画作外，大多比较抽象。

倒是室外的雕塑花园更让我倾心。

这里有开得正旺的紫色郁金香，几棵长得格外茂盛的树木在小喷泉池边显得生机勃勃，在钢筋混凝土的森林里有这么一抹绿，让人不觉舒心很多。走累了，可以倚坐在小板凳上聊天晒太阳，或者只是放空地度过一个闲适的下午。

5 月天里的纽约，温度刚刚好。出了 MOMA，第五大道上的各大旗舰店看得我眼馋手痒。我特别喜欢一家服装店，要不是门口一眼望不到头的排队长龙，我势必是要一头扎进去的。店门口的卖家真人秀玩儿足了噱头，门口近一米九的半裸男模是造成拥挤的“罪魁祸首”。大家进店前，都在期待与小鲜肉合照。

我默默地走过拥挤的人群，感叹：“万恶的资本主义”真是想尽了一切办法来掏空人民群众的腰包啊。

房卡风波

因为排队买了一杯最爱的抹茶星冰乐，结果错过了回程的火车，只能找地方坐着等下一班。延迟了 1 小时回到酒店后，打算小睡一会儿再启程返回多哈，但意想不到的事情发生了。

房卡打不开门，对于经常住酒店的我来说，也不算是什么怪事。我见隔壁房间的门开着，工作人员正在打扫卫生，于是借电话打给前台，他们说马上会派人来开门。我干等了 10 分钟，又打去了第二个电话。前台的人再一次回复说马上就到，可是对于宝贵的 1 小时休息时间，我哪里敢拿来无限期地等待。所以，我决定不再傻等，而是直接到楼下重新激活房卡。这本来是一件小事，可刚到酒店大堂，就被排队长龙给吓着了。我和排队的客人说明了情况，他们也表示理解地让出了位置，但偏偏遇到工作效率低下、态度恶劣的前台，连问都不问就直接说：“I have to help the guest in line.”（我只帮助排队的客人。）我看着她的嘴脸，半句话也不想跟她多说。

我失望地回到了楼上，幸好碰到了一个保安，才得以帮我开门，而他也并不是因为我之前打电话而专门来开门的人。我进到房间已经是半小时之后了，长途飞行前没有休息好的压抑情绪以及遭遇毫无责任心的“5 星”酒店员工的恶劣态度，彻底崩溃的我终于忍不住哭了，我甚至连投诉的时间都没有，只想快速释放情绪并在短暂的半小时内赶紧小憩以平复心情，返程回多哈。

然而这件事情并没有结束。我回到多哈，和正在飞纽约的朋友联系，因为我们原本说好那天要在酒店碰面，但由于突如其来的房卡风波，导致时间紧迫没有见上。

她告诉我一件离奇事情：酒店前台给了她一个房间号，插卡进门却看到有行李还在里面，卡航的标志性帽子也在桌子的显眼处放着，这分明就是入住的客人还没有退房，于是她到前台重新换了房间。

一说房号，才发现，那正是我当时的房间。那天，我并没有退房，酒店工作人员极其大意地把房间给了别人。值得庆幸的是她也是卡航的一员，看到有行李和帽子便立马换了房。要是换了其他住客，说不定会丢东西呢。回想起当时酒店工作人员一口咬定说是因为我的房卡离手机太近而造成消磁的，不免觉得荒唐可笑，出门在外，真是防不胜防啊。

忽然想起一首歌，我轻轻地哼唱着：“外面的世界很精彩，外面的世界很无奈……”

飞行变旅行的休斯敦航班

我的旅行大多数都是从飞机着陆，换下制服，穿上便装开始的，但偶尔也会有例外，比如这次飞往美国休斯敦的航班。

一直以来，谁拿到美国航班，就像拿到“定时炸弹”，因为这种班是出了名的“有命挣钱没命花钱”。超长的航线不说，完全颠倒的日夜，几乎满舱乘客，让空乘对于这样的航班总是望而却步。

不久前，班表君给了我一个华盛顿，美国班就像俄罗斯套娃，一个套一个，接踵而来。

我做好了“一级战斗”准备，来面对卡航这条16小时的超长“战线”。

我想我是幸运的，乘务长给了我一个相对轻松的差事——照顾飞机上的小朋友(当然，对于这个职位在“轻松”上的定义，因人而异)。于我而言，这么长的航班，与不同国籍的小朋友们一起度过漫长时光，何乐而不为呢?

刚送完餐，一位身穿粉色小裙，像极了芭比娃娃的 4 岁小女孩被妈妈领着来到后厨排队上厕所，这个阿拉伯小孩有一个洋气的英文名：Sara（萨拉）。看着她那双水汪汪的大眼睛和美得不真实的长睫毛，被高颜值吸引的我情不自禁地从餐车里找了一块巧克力送给她，套个近乎。她的小手接过巧克力，露出惊喜的神色，一溜烟儿，跑回了母亲的怀抱。

我走上前，半蹲下，玩笑地说："Sara Habibiti，how should I charge you , a hug or a kiss?"（亲爱的萨拉，我该如何收费呢，你是"付"一个拥抱还是一个香吻？）

她似懂非懂地望着妈妈等她翻译，随后大方地扑了过来，搂着我的脖子，在脸颊上送了一个"香脆"的吻。

萨拉的妈妈是一个看起来非常传统的沙特妇女，全身裹着黑袍（阿拉伯半岛国家穆斯林女人的传统服饰，又称 Abaya），连头也遮着黑纱，只能看到两只炯炯有神的眼睛和与女儿一样又长又翘的睫毛。可越是这样包裹得严实，越激发我一探面纱下真容的好奇心。

萨拉的爸爸身着衬衫配长裤，衣着看起来和其他国家的人没太大区别，可仔细一看，那又长又卷的络腮胡子露出了端倪（只有非常传统的穆斯林男人才会选择将胡子留得很长），也许是因为留有胡子的原因，他看起来要比老婆大上很多。

他英文不错，虽然带有浓重的阿拉伯口音。闲聊中得知他是做石油生意的，老婆是小学老师。说完，他们夫妻俩交换了一下眼神，言语间不禁能感受到他对于这个小家庭的自豪。

我好奇地问："在沙特，女人身着黑袍无可厚非，但你们即将到美国，难道也是这副蒙面打扮？"

他笑了笑，说："当然不会，她会换下黑袍的。"

"脸也不用遮了吗？"我追问。

"当然不用了。"他耐心地回答。

"你女儿那么漂亮，肯定更像妈妈吧，我好好奇哦。"我婉转地道出

▲黑袍妈妈主动邀片儿着实让我“受宠若惊”，小萨拉一脸呆萌样，不知何时她也会蒙上这一袭神秘的面纱

了自己的内心戏，一心想一睹她的芳容。

阿拉伯男人哪经得住我这样“溜须拍马”赞美他的妻子，于是非常慷慨地同意让老婆掀开神秘的面纱让我看一看（因为传统的沙特男人认为老婆是自己的私有“财产”，在公共场合其他人连看的权利都没有）。虽然这样的文化差异让我感到很难理解，但存在即是合理，我又何必纠结。

她掀开面纱的那一刻颇有一种结婚时“掀起红盖头”的既视感，那双眼睛紧紧关注着我的微表情，是害羞而又充满期待。

我感叹，如此美丽的面容却要常年隐藏在黑色的面纱之下，这些传统的穆斯林女人需要有一颗多么强大的内心啊？我还没来得及夸赞一番，她又连忙遮了起来，仿佛害怕暴露在空气中的面容会加速氧化衰老一般。

我的好奇心得到了巨大的满足，满心欢喜地继续和萨拉小朋友用肢体语言沟通。没想到，这位年轻妈妈忽然从包里掏出贴满亮钻的手机，问我是否愿意拍张合影。我心想“这个千载难逢的机会岂容错过”，当即欣然同意。她顺手把手机交给了她的大胡子男人。几个连拍下来，她站着一动不动，只有我在不断变换动作。我想，身穿黑袍的她必须维持该有的矜持吧，但谁又能保证面纱下她没做几个鬼脸呢？

她记下了我的 Instagram（一个分享图片的平台），说回头就把我们的合照发给我，我想：这位“黑袍”的内心应该还是挺开放的。

这时，另外两个五六岁来自叙利亚的好哥俩手牵手来到后厨打发时间，嗅觉敏锐的他们，很快留意到萨拉吃得满是巧克力酱的嘴。我连忙又从餐车里找出两块巧克力给他俩。在尝到巧克力的甜头之后，他们便轮番上阵，哄我要更多的巧克力。哥哥用他稚嫩的童音，不停地对着我说了一连串阿拉伯语，让我有些丈二和尚摸不着头脑。

我也会逗逗他们，只给一块巧克力，看他们怎么应变。没想到哥哥接过巧克力，二话不说，直接分成两半递给弟弟。看着这对懂得分享的兄弟，我开心地摸摸他们的小脑袋，竖起了大拇指，然后对着他们胖嘟嘟的小脸一阵狂捏。

这趟航班上，还有一个小朋友我不得不提，他祖籍印度，那双爱笑的眼睛和刚刚冒出的两颗乳牙，实在讨人喜欢。更重要的是，他的爸爸妈妈已经完全被美国同化，一口纯正的美语，言谈举止都彬彬有礼，一看就是受过高等教育。我一个劲儿地夸他们儿子长得帅气又可爱。他爸爸骄傲地告诉我：“就在几天前，美国总统奥巴马访问达拉斯（美国西部牛仔城）时，在白宫工作的亲戚给了他们接机的许可证。第一夫人米歇尔也被这个帅气可爱的宝贝迷倒了，在众多接机的人中，一把将他抱了过来，逗了好一阵。”他们一边说，一边开心地给我欣赏宝贝与米歇尔夫人的合影。

在封闭的客舱里度过漫长的 16 小时，我本应该感到呼吸不畅，大脑缺氧，思维跟不上趟。但因为有了美丽的沙特阿拉伯小女孩萨拉、懂得分享的叙利亚哥俩和这个迷倒奥巴马夫人的印度弟弟的出现，让我的工作变得和旅行一样快乐。

在这些看起来不起眼的匆匆过客中，多一些富有人情味的交流，乘客总会带给我意想不到的发现与收获，让我感到这是一份有温度的工作，而不单是推着餐车千篇一律地问乘客“你想吃点儿什么”。

卡航空乘来到休斯敦，一般少不了两大活动：跳伞和购物。由于之前在拉斯维加斯自驾游时已经完成前一项，那么就剩下撸起袖子血拼一番啦。

刚到休斯敦的那天晚上，狂风大作、大雨倾盆，唯有一顿完美的越南菜才能弥补我旅途的劳顿。

第二天一大早却是阳光明媚。由于时差关系，我早上 6 点醒来，之后就再也睡不着了，本想早点出门购物，却偏偏撞到上周日，眼睁睁地在房间里百无聊赖地从早上 6 点等到 11 点商店开门。

横七竖八的店铺和百货大楼连在一起，完全分不清东南西北。我来到欧舒丹的店铺准备买盒牛奶薰衣草香皂，年轻的店员迎了过来，好奇地问：“My dear, what kind of skincare product you use, you have an amazing skin？”(亲爱的，你用的什么护肤品啊，皮肤这么好？)我听了心里一阵窃喜，想了半天说：“我没有固定的护肤品，都在不停地做各种尝试。但要想保护好皮肤，最重要的还是睡好觉，保持良好的心情。”她有些吃惊地望着我，本以为我会噼里啪啦爆出一系列护肤产品的名字，或者像小红书的美妆博主一样对各类产品特点进行洗脑式植入，没想到我竟是这般回答。她听了倒是豁然开朗，觉得我说得在理。我不清楚这是否是她套近乎，拉拢顾客的一种方式，毕竟熬夜飞完一个美国班，时差都还没倒过来，完全是“粉面僵尸”一枚，皮肤状况能好到哪儿去?

我随后来到另外一家皮革店 Fossil（化石），寻个包。店员又走上前来问我的鞋在哪里买的，说看起来好像很舒服的样子。我心里又是一阵暗喜，耐心地告诉他鞋的出处。

当我逛到化妆品店时，店员又毫不吝啬地夸我的眼线画得好。我心想：对啊，才几十块人民币，产自中国，又便宜又好。

你说老美的嘴是不是抹了蜜？还是销售人员通过观察顾客，选一个点来赞美、套近乎从而作为一种推销策略？但不管怎么说，这样的交流的确能让顾客舒心。

在美国购物拿出一整天便足矣，如果不加以控制，就会秒变月光族，接下来的日子就只能喝西北风了。于是第三天，我和信仰基督教徒的斯里兰卡妞相约一起去了号称美国最大的湖林教会。

一大早，我们就来到这个距离酒店不到三分钟路程的教堂。这座长方形的建筑颠覆了我对于教堂的刻板印象，从外观上看，它更像一个巨大的剧场。由于我们到得太早，教堂还没有开门，于是我俩坐在门口的台阶上吹风闲聊。

让我惊奇的是，这个皮肤黝黑、航班上也不多话的小妞，私下竟是如此健谈。当许多同事都在抱怨多哈多么多么无聊，除了泡吧还是泡吧，是一座毫无生活气息、鸟不拉屎的城市时，她是难得一个说在多哈这样的沙漠城市还能过得忙碌、充实的人。

细聊才知，她在多哈的基督教会认识了一个来自非洲尼日利亚的音乐老师，于是开始学习电子琴和吉他。飞行之余，光是两门乐器课已经够受的了，此外，她还要忙着教会的一些义务工作。言谈间，她充满着对上帝的感恩和信仰的虔诚。很开心在这个阳光明媚的清晨有这一段充满正能量的对话，我毫不见外地说想要去她家“参观访问”，玩玩吉他，她欣然同意了……

聊了不知多久，教堂的门终于开了。一些义务工作的教会人员开始忙起来，他们布置着像体育场馆一样大的教堂，在阶梯形延伸的座椅背后整齐地放上用来唱诵的资料，大家相互打着招呼，平等、友好。

这个本应该像噩梦一样忙不停的美国休斯敦航班，因为遇见，因为对话，因为理解与尊重，变成了一趟有趣的旅行。

旅行，让我遇见你！

蒙特利尔：城市与自然结合的典范

我是在飞行生涯的第四年，才拿到心心念念的加拿大航班的。十分庆幸能赶在秋天的尾巴，在最美丽的季节遇见它。因为，没有哪个季节比秋天更适合来这座枫叶之国。

2015 年 10 月底，蒙特利尔的气候有些微凉，机组傍晚到达的时候，天空正下着淅淅沥沥的小雨，空气变得阴冷、潮湿。

我和三个韩国姐姐换下制服，裹上厚厚的大衣，来到酒店附近的一家烤肉店。饿得前胸贴后背的我们，一口气点了海鲜拼盘、意大利面、碳烤排骨和蔬菜沙拉，就着一瓶澳大利亚产的席拉（红酒），用美味犒劳舌尖上的味蕾，来消除 12 个小时长途飞行的劳顿。

因为蒙特利尔航班，我与三位韩国小姐姐有缘一起飞。她们没有一个像电视剧里的心机女孩儿那么多内心戏。我们也因文化的相互包容，能坐

▲葡萄美酒夜光杯，我们必须用美味犒劳舌尖上的味蕾，来消除 12 个小时长途飞行的劳顿

在一起，像老朋友一样相约共进美妙的晚餐。在她们中间，我是“老外”，4 张亚洲面孔，因为我的存在，不得不以英文为主来交流红酒的热度迅速窜及全身，刚才在室外还打寒战的我，现在身体已经有些微微发热。我举起酒杯，感恩在这个特别的地方遇见了善良的她们，有了这顿美妙的晚餐。酒杯轻轻碰触在一起，发出“叮”的清脆悦耳声，紫红色的液体在灯光映衬下显得格外清透。

她们不自觉的英文串到韩文的对话，让我有种置身韩国的错觉。我虽少看韩剧，但会因为偶尔从她们只言片语中猜出所谈论的话题或捡到的关键词而窃喜，也会有模有样地模仿，并拉着她们纠正韩语发音。

我们从一位韩国姐姐手上的那枚潘多拉的戒指聊开去，点评了这款中干型红酒令人满意的甘甜后调，八卦了曾经发生在自己航班上的奇葩故事，不知不觉就聊到了深夜。

我本以为酒足饭饱后，接下来最美的事就是回房睡到自然醒，没想到她们提议转场到酒店的吧台，准备接着畅饮。我吃惊地望着她们。这时，最年长的韩国姐姐走近我，豪放地一手搭着我的肩，一手比画着说："Jessica baby, I'm gonna have two more beer here and one more take away."(杰西卡宝贝，我在这儿还要再喝上两杯啤酒，然后再打包一杯回房呢。)其他两个韩国姐姐也并无睡意。我见这不醉不归的阵势，赶紧溜回了房间，为第二天的城市暴走养精蓄锐。

蒙特利尔虽然是加拿大第二大城市，自然景点距离市中心却并不遥远。坐落在市区中央黄金地段的皇家山便是当地人的一块福地。山上层林尽染、色彩斑斓的叶子，被秋风轻轻扫落，一路铺开，原本属于秋天的凋零、枯草的冷色调被五彩的落叶点缀得像一个奇妙的童话世界。我贪婪地大口呼吸着雨后清新的空气，感受森林的气息。路上的小松鼠更是充满了活力，在落满树叶的草垫上疯跑觅食。要是哪个幸运儿寻到一颗坚果，便会叼着食物，以迅雷不及掩耳之势蹿到安全的枝头独享。它们看起来肥硕的身躯和敏捷的动作形成了鲜明的对比，像一个柔软的胖子。

也许是人与自然和谐相处吧，这里的小松鼠并不认生。我轻轻一招呼，它们便迅速跑过来，在安全距离内仔细打量我手上是否有坚果。经验老到的松鼠老远便能识破我的诡计，不屑地跑开。而缺乏经验、年轻一些的小松鼠会直接顺着我的裤袜爬上大腿，那痒嗖嗖的感觉，让我恨不得站在原地抖三抖。小家伙把脖子伸得老长老长，然后轻轻地在我手指上"吻了吻"，发现被我忽悠了，便失望地跑开，寻找下一个目标去了。那一刻，我多么希望手里真的有颗花生或者坚果之类的东西感谢它的信任！

我低头检查新买的裤袜上有没有小家伙爬过的痕迹，幸好，它还算温柔，小爪子没在裤袜上戳出几个洞，盖上"到此一游"的大印章。旁边的亚洲游客看到这一幕都惊呆了，立在那里一动不动，用相机疯狂记录我和小松鼠的友好互动。

在这座城市的后花园，动物们才是这里真正的主人，而我们，只要不

▲栏杆上，坐着一个穿着运动服的金发女孩，微风吹拂着她的头发，她安静地坐在那儿

去吓唬、追逐它们，保护好这片皇家山，爱护它们的家园，它们自然会带给我们无穷无尽的惊喜。

皇家山的海拔虽然只有 233 米，但如果能够坚持爬到山顶的瞭望台，那“会当凌绝顶，一览众山小”的成就感绝对不会辜负你。

我正忙着用镜头捕捉这看起来像微缩版的城市，忽然留意到瞭望台的围栏上，安静地坐着一个穿运动服的女孩。微风吹拂着她那一头金发，脚踝随意搭在一起，我看不见她的表情，但是闲适的背影让这单调的瞭望台多了几分人文气，我连忙按下快门，将她、瞭望台与整座城市定格在了一个画面里。

顺着栈道一路下山，我遇见了好多爬山、跑步锻炼的当地人。良好的自然环境、优质的教育水平，让这座大城市的居民，拥有着小城镇人民的活力和幸福感。

我是在太阳落山之后才去到靠近港口的老城的。不到 10℃的气温，把人们都往开着暖气的酒吧餐厅里赶。里面的热闹非凡和外面的秋风瑟瑟形成强烈反差。

我想，寻常工作日里，除了在间隙去皇家山跑步锻炼，下班之后的小聚也许是当地人结束一天劳作后最期待的节目吧。三五好友围坐一起，借着酒精的温度将气氛烘托。

霓虹初上，不知对于加拿大人来说，这是一天的结束还是一天的开始。

圣保罗：浮光掠影

多哈的深夜，我一个人窝在家里的沙发上，《加州旅馆》的吉他琴弦被老鹰乐队轻轻拨动，让睡意也变得慵懒，整个人放空着。

内心隐隐有些不安分，却又说不清到底在想什么，是思绪开始飘飞了吗？就像刚去过的圣保罗一样，连空气里都弥漫着流浪的气息。

巴西，一个一时半会儿、只言片语无法诠释的南美国家。这里住着说葡萄牙语，拥有小麦色肌肤的混杂人种。当北半球人民还在除冰扫雪的严寒天气中煎熬时，他们却肆意享受着南半球温暖的日光浴，或者任性地淋一场突然而至的夏日暴雨。

在飞往圣保罗的航班上，印度乘务长听说我降落后要去市里，嘴里像机关枪一样飙出一长串高犯罪率、多贫民窟、抢劫频发、毒贩猖獗等敏感词语，企图把我震慑住，好让我老老实实地待在酒店，以免出去给她添什么乱子。

长达 14 个小时的航班，我听到的最多的话就是："There is nothing to see, Dear！"（亲爱的，圣保罗真是没啥可看的啊！）

我总以一句"I just wanna see this nothing."（我就是偏偏想看这些"没啥可看的。"）让她不知道该如何把话接下去。

不管别人对这座城市有多少流言蜚语，我还是倔强地想亲眼见证。但是任性归任性，同事那些善意的提醒我还是牢记于心。鉴于这里的治安状况，我选择了和体格壮硕的波兰妞结伴前行。

我们从酒店出发，先乘坐酒店班车到达机场，再从机场转地铁去往市中心。

各路车辆恨不得削尖脑袋往前冲，造成了严重的堵车，我们是在出发 1 个小时后才到达最近的地铁站的。

圣保罗的地铁站设计得有些不真实，像科幻片。上下共 9 层楼，一层一层往下时颇有一种下地狱的感觉。

我俩顺着楼梯来到地下 N 层，耐着性子排队等候。第一辆列车由于爆满，没能挤上，我信誓旦旦地说，第二辆列车我们无论如何都要上。于是我们变身沙丁鱼，猛吸一口气，借着后面的推力把自己塞进了极度拥挤的地铁车厢，然后接受小麦色人民好奇的目光洗礼。他们目不转睛地看着我们，眼神似乎在说："这两个女孩皮肤真白！她们怎么会出现在这儿和我们挤在一起？不可能是来旅游的吧？谁会这么神经病？"

我哪管得了那么多，紧绷着神经，只顾着对比地图上的目的地和地铁的站名，生怕坐过了站。也不知过了多久，我们终于来到了市中心。

出地铁站我就傻眼了：满大街的流浪汉，大白天还贪睡在地上，这真的是足球王国巴西吗？热情与奔放，速度与激情，享受生活的富裕人民，去了哪里？

"体验，不就是为了看到不一样吗？我愿意包容这里的一切。"心里不断暗示自己。只是加强了戒备心，更加搂紧了我的包和相机。

市中心唯一的地标性建筑是圣保罗主教堂，它融合了哥特式和文艺复兴时期的建筑风格，每扇玻璃窗上都反映着《圣经》里不同的宗教故事。教堂前是一片广场，两排棕榈树齐列两旁，广场上有像我这样挂着相机拍地标和捕捉市井生活的游客，也有寻找目标的小偷和无聊的流浪者。

同行的波兰妞人很善良，就是有点儿傻大姐。她拿着她的宝贝相机不停地让我为她拍照。热爱摄影的我，一开始还很乐意。可是每个街角，什么都不是的事物她都可以拿来当背景，然后习惯性地把相机递给我，自己跑很远，让我在镜头里四处找人。

没有美感和无法构图的场景让我感到力不从心，拍照也没了情绪。她看着我拍的照片，失望地摇摇头，然后不假思索地夸耀自己，说她之前是摄影师，数落我的镜头不如她的定焦……气氛有些尴尬，我有些烦了，嘴角挂着无奈的浅笑，内心的白眼不知翻了多少遍。耐着性子帮她拍了无数照片之后，我选好了景，构好了图，调好了参数，把她叫了过来，只请她帮忙按一下快门，把吹嘘都抛在一边，我只想要看图说话。

不出我所料，她看了我的照片也要求用她的相机拍一张同款。这一次她终于没有走太远，而是站在我之前的位置，依葫芦画瓢地复制粘贴了一张。她终于满意地露出了笑脸，而我却恨不得拍拍屁股走人，甩掉这猪一样的队友。但忽然想起在航班上闲聊时，她说她曾经当过兵。在圣保罗这样治安状况堪忧的地方，我不得不耐着性子和傻大姐相互照应。

流浪汉们有手有脚，生活却过得极其慵懒。中午，他们大多喜欢在棕榈树下席地而睡。广场周围有很多小吃店，我买了一小块比萨解馋，但没有想象中好吃，所以没有啃完。正准备扔掉，忽然，被一个蹲在墙脚，衣衫褴褛的流浪汉咿咿呀呀招呼住了，他正准备起身朝我走来，我吓得抖了抖。那龇牙咧嘴的笑容里，毫不避讳地露出已经缺了一颗的门牙，我想他并没有恶意，顺手就把手里剩下的比萨递给了他。他笑眯眯地接过去还朝我竖起了大拇指，仿佛在说“真是有眼力见儿”。

这里警察的数量几乎和流浪汉一样多，不过他们大多是三五成群聚在

▲圣保罗街道上谈笑风生的警察们

一起聊天罢了，偶尔也会充当一下游客的向导。

我们打着手语问过了无数警察，才找到号称巴西版的“帝国大厦”，准备登高望远，俯瞰整座城市。没想到这个乍看着不长的队，一排就是一个半小时，我从一开始站着到蹲着，最后像泄了气的皮球蔫在地上。

外面阳光普照，我们却要在室内无期限的排队等着登高望远，难道这就是南美人们的工作节奏吗？连电梯都会慢半拍？

我正纠结着是应该继续无休止的等待，还是毅然决然地放弃，避免更多时间上的损失。突然，“轰”的一下，只听外面一声惊雷，一分钟不到，天空下起了瓢泼大雨，街上到处是四处逃窜的路人和摊贩。都市的嘈杂声在雷雨声中消失得无影无踪。听工作人员说，这夏日惊雷，准时在每天下午两点来到。我一拍脑门，心想：“为何不早说！！！”眼看这一次登高望远的计划是要被取消了，这一个半小时的队也白排了，我不禁懊恼地摇摇头，真是坑爹啊。

幸好街对面有一家看起来还不错的特色餐厅，不过要蹚过街上暴雨所

▲餐厅里昏黄的灯光，复古的吊灯，在雷声暴雨中做足了慵懒的气氛，大窗旁的情侣正在酝酿着情绪，准备上演夕阳红应有的戏份

积成的“小河”才能过去，我可得想个法子，不要牺牲了我的鞋才是。

我灵机一动，想起刚才在机场，因为无厘头和冲动买的巴西特产——Havaianas（哈瓦那人字拖），此时可真是派上了大用场。我迫不及待地换上了拖鞋，化身成半个巴西人。而傻大姐的白网鞋注定是要蹚这浑水了，我们冲到了百米开外的餐厅，撑着雨伞，身上还是被暴雨淋得半湿。

餐厅里昏黄的灯光，复古的吊灯，在雷声暴雨中做足了慵懒的气氛，对面桌的中年情侣在此刻，上演着各种夕阳红应有的戏份，旁若无人地热吻得不亦乐乎。这场景倒是让我多少感受到了巴西人无惧年龄的热情与奔放。

敞开的大窗外，随风摇曳的大树仿佛也在好奇地左顾右盼，弯着腰窥探，我赶忙拿起相机，让镜头记录这浪漫得快要让人窒息的场景。

和餐厅的环境与氛围比起来，半生不熟的牛排和掺了很多水的西瓜汁就要逊色许多了。

一顿饭的时间，雨停了。走出餐厅，街头恢复了下雨前的热闹。但和之前不同的是，现在走路还得留意水坑，不然会溅得满身都是。

在圣保罗，街头艺人也和流浪汉一样多，但他们更勤快些，至少靠着一门手艺过活。雨一停，艺人们迅速出来占领演出摊位。我们正走着，听到不远处传来一阵极其动听的声音，干净明亮，就像被刚才的雨水浸润过，给人以雨过天晴的清透畅快之感。走近一看，一个约莫15岁，剪着寸头的巴西男孩正抱着吉他专注地弹唱，而坐在旁边约5岁的弟弟，也跟着节奏认真应和着，虽然音调有些不准，但稚嫩的声音却格外动听。哥哥弹奏到高潮部分，会让弟弟独唱，他们默契的配合以及天生的音色与节奏感，很快就吸引了许多游客围观，甚至连流浪汉都驻足聆听。

动听的声音终究是会博得大众喜爱的，我想，他们应该是今天街头艺人中，收获最多的。

游走在不同城市，我也看过很多街头表演，大多数时候，也只是看看，然后留下心意，便走了。而在圣保罗，却第一次走近了街头的艺人。

我带着微笑慢慢靠近5岁的小男孩，然后捧着他稚嫩的小脸，没有多余的话语，只是在他幼小的脸颊上轻轻吻了吻……他顿了顿，一双水汪汪的大眼睛有些吃惊地望着我，然后又继续卖力地歌唱，我留下了心意，然后满意地离开，剩下更多围观的人……

这是一座流浪的城市，但它却不孤独。

那个蹲在墙脚的流浪汉正满足地吃着游客剩下的比萨；空气里飘着兄弟俩娴熟的吉他琴音和真诚的歌声；还有雨过天晴的明朗，它们相互温暖着每日游走在面包与牛奶之间的流浪城市——圣保罗。

它，流浪，却也是流浪者的温柔乡。

Chapter 4

沐浴澳大利亚之光

Aussie Light

如果我是一只考拉

珀斯游

2013年年初，大半个月的时间，我的脚步都没停歇过，一直在路上。从比利时布鲁塞尔到另一个红屋顶城市布鲁日；从浪漫的法国巴黎到中东纸醉金迷的迪拜和阿布扎比；从祖国首都北京到南半球阳光灿烂的澳大利亚珀斯。我就这样东西南北、天南海北地围着地球打转，过着今日冬天明日夏天，昼长夜短、昼短夜长、天地倒转的日子。

好不容易，在月中迎来两天休息，我才得以安静地窝在家里，做做家务，不飞的日子就是小幸福。冬日的多哈，温度刚刚好，晨练完瑜伽，心情平和。

我喜欢把音响调到合适的音量，放上音乐，坐在可以沐浴阳光的角落写日志。这样不紧不乱的小日子，仿佛盼了好久好久。

回想起这半个月满满当当的行程，最喜欢的目的地还要数澳大利亚珀斯。喜欢这个时候去，主要是因为天气。地处南半球的珀斯正值夏季，气候非常宜人，逃离天寒地冻的北半球，一下飞机，扑面而来的青草香让我不禁贪婪地猛吸了两口。天蓝得如此纯粹、彻底，空中没有一朵云。

珀斯虽然是澳大利亚第四大城市，但在我看来，它的城市规模更像中国的乡镇。公司安排的酒店就在市区著名的天鹅湖边，这里地广人稀，晚上遛弯儿的人不多，其中包括饶有兴致的波兰同事和我。不到9点的夜，几乎所有的店铺都关门了，街上静悄悄的，只有码头上的少数餐厅还在营业。

地标建筑天鹅钟塔在夜里换上了璀璨夺目的花外衣，我俩沿着河边走，聊着一些无关紧要的话题，偶尔也会沉默，单纯享受这没有目的的夜行。

喜欢澳大利亚这个极具自然气息的国家，除了这里宜人的气候，其实还另有原因。高中时，我的一位政治老师去澳大利亚做学术交流，专门带回一枚考拉书签给我，我爱不释手。所以，一直以来，我都特别渴望能亲眼见见澳大利亚的国宝——考拉兄弟和袋鼠朋友。

卡文森野生动物园距离珀斯市中心大约20公里车程，坐地铁或者公交车都可以到达。由于澳大利亚地大物博，人与动物、自然都能和谐相处。能在园区里随意喂食国宝袋鼠，更有机会近距离接触睡神考拉，是这个公园最吸引游客的地方。

第二天一大早我就出发了。去程路上，幻想着被考拉熊抱得紧紧的感觉。当它紧抱着的时候，我就成了它的大树和依靠。它双脚环抱着腰际，我只需要静心地感受它平静的呼吸和体温，心里不禁美滋滋的，我可能还会忍不住想要恶作剧，吹吹它的大耳朵。

我畅想着如果我是只考拉，一天可以抱着桉树睡上20个小时，剩下4个小时还得匀给吃饭、活动、卫生清洁及与其他考拉小伙伴交流，根本没有多余的时间去操心生活琐碎，那该有多好。

▲睡神考拉

如果我是只考拉，我是素食主义者，健康、方便、绿色。

如果我是只考拉，我热爱和平，生来就没有什么天敌，凡事以和为贵。

如果我是只考拉，我是世界上最安静、可爱的小动物……

当我真正来到考拉区，看到一只只四仰八叉摊在桉树林中的考拉时更加深了我对它们与世无争个性的喜爱。

只见其中一只坐在树杈中，将脸埋在肚子里，缩成一个球状贪睡着。饲养员解释说："它维持这个姿势已经有 20 个小时了。"大家发出的惊叹声也没能吵醒它，我想这就是传说中的睡神吧。

看着它们一动不动的睡相，心想："难道今天运气这么不好，不能看到它们醒来的样子？"

我正琢磨着，忽然，有一只动了，大家很快都把目光转移到它身上。

▲生活在澳大利亚的小动物们脸上写满了被宠溺的安逸表情

只见它睁开迷你的小眼睛，从树的高处爬了下来，换了另外一棵离我们更近的桉树，把脸搭在树枝上又立马入睡了。饲养员补充说道：“大家有所不知，我们可爱的树袋熊们前一秒可能还睁着眼睛，后一秒就可以立马睡着。”

造型摆好了，我们排着队，在饲养员的指导下，等待着和它的亲密接触。它是背朝我们的，饲养员说：“大家可以用手背轻轻感受它的背部区域，这个地方不太敏感。”我想也有可能是被摸习惯了。

我用手慢慢靠近，这里的皮毛厚而密，比我想象中粗糙得多，可无论经过多少游客的“蹂躏”，它就是不肯醒来。但我已经很满足了，至少我和考拉有了一次短暂的亲密接触。

比起安静的考拉，澳大利亚另一个国宝——袋鼠朋友就活泼多了。它们非常友好，在袋鼠园里，我们可以随意喂食饲养员专门为它们准备的食物，就因为这样，它们的食物长期处于饱和状态，所以根本不贪吃。

野生动物园里还有稀有的白袋鼠，我小心翼翼地靠近一只看起来年幼的小袋鼠，然后蹲下来，把手伸过去。只见它用湿湿的鼻子嗅了嗅，然后直接把小爪子往我手上一搭，开始休息起来，像是悠闲地靠在“吧台”上。我决定和它聊聊天，它一脸呆萌地望着我，不知所云。我继续投入地自说自话，它就全当吧台里的背景音乐听，超然脱俗，也没有离开的意思。我不禁感叹，人与动物在这里所建立的信任感竟是如此神奇，充满正能量。

正午的大太阳会把袋鼠们晒到树荫下乘凉，它们偶尔还会像人类一样挠痒痒。和其他袋鼠比，正在哺育期的袋鼠妈妈警惕性就高很多了，为了保护幼崽，它们会躲在比较安全的地方，不给我们任何靠近的机会，只可远观，不可亵玩焉。幼崽偶尔会好奇地探出小脑袋，两只爪子搭在妈妈的口袋上，打探一下外面的世界。喂完小袋鼠，爱干净的妈妈们还会清洁口袋，为宝宝打造一个舒适的栖息空间。

袋鼠之所以被澳大利亚人民视为珍宝，除了它们特有的外形，还有另外一个重要的原因，那就是它们是世界上少数几种不会后退的动物。澳大利亚选择它作为国宝动物并印在国徽上，象征着国家永远前行，永不退缩的进取精神。

卡文森野生动物园里除了这两种代表性的动物以外，还有其他澳大利亚特有的动物，比如短尾巴蜥蜴、袋熊、澳大利亚羊驼（也就是大家熟悉的草泥马），等等。

一路上，我们遇到了很多当地小学生在老师的带领下参观学习。众所周知，澳大利亚的教育水平发达，他们的课堂从不仅仅局限在学校里，很多时候，都是在户外进行。

园区内还特设与观众互动的剪羊毛表演。一只原本看起来膘肥体壮的“胖羊羊”，在“美发师”的打理下，瞬间瘦身成功，变身成“瘦羊羊”。

小朋友们会被主持人邀请上台，拿奶瓶给羊宝宝喂奶，体验一把当“羊

▲“羊妈妈”们喂奶中，他们脸上都洋溢着爱的笑容

妈妈”的感受。

在珀斯，我并没有去很多地方打卡，只在就近处夜游漫步，去野生动物园看望考拉兄弟和袋鼠朋友。但我已经无可救药地喜欢上了这里纯净的自然、友好的珀斯人，还有可爱的小动物。

乘坐小火车回到市中心，漫步街头，再看看街头艺人表演，喝一份带有阳光气息的下午茶，结束短暂而悠闲的珀斯游。

西澳小镇——弗里曼特

是被小镇精巧的景致醉倒，还是被绚丽的蓝天所倾倒？或者是被清新的空气和舒爽的海风迷倒？

我想应该都有吧。在西澳小镇弗里曼特（Fremantle），我并没有特别深的感触，只是单纯地觉得舒服，这样的舒服甚至有点儿理所应当的意思，毕竟这里是澳大利亚。

2014 年，我的飞行生涯进入第三个年头。公司几乎所有的驻外航线我都去了一两遍，刚学会的夏威夷四弦琴也从自弹自唱的《旅行的意义》升级成《外面的世界》，似乎唱出了自己那双曾经好奇窥探世界的眼睛和现在金不换的平常心。

我思考着，那些我曾经如此向往的必游景点、必吃美食，都变成了不重要的过去式。珀斯的故地重游，我是否该试着将一切归零，重新感受呢？

头一晚，我与马来西亚华人同事相约去了唐人街吃夜宵。它在离市中心不远的一条背街上，周围昏暗的街灯和餐厅门口挂着的大红灯笼形成了鲜明的对比，红灯笼散发的光晕照得我们心里温暖了许多。

猜不出国籍的隔壁桌，两个无聊的陌生男人打着歪主意试图邀请我们共进晚餐，我们隔着餐桌勉强应和他们的无聊话题，像是在唱没有情调的山歌。

好不容易打发了他们，隔壁的隔壁桌又开始闹腾起来，几个已经喝得烂醉的泰国人继续在和啤酒死磕，丝毫没有叫停的意思。

我和同事闹中取静专心地吃着桌上的菜肴。在外“流浪”久了，就算是那些特级牛排、洋气的蔬菜沙拉也敌不过蒜泥白肉和水煮鱼这样的川菜来得接地气。

一顿普普通通的中国菜，在国外，能吃出飙泪的情绪，我想，除了我们这群中国籍空乘，也没谁了。

如果我说全世界都有中餐馆，你信吗？我劝你最好信。

开一家中餐馆，与其说是移民国外的中国人最为普遍的谋生手段，倒不如说是为了满足中国游客根深蒂固的饮食习惯。没办法，我们被宠坏的中国胃，只能继续这么宠着。所以，你就算半信半疑也至少祈求上帝，最好早点儿变成现实。

南半球的初春，是 15~28℃的怡人气温。我并不打算再去看望我的袋鼠朋友和考拉兄弟，我想它们一定会有人惦记着。所以这一次我和马来西亚同事去了距离珀斯半小时火车车程的另外一个小镇——弗里曼特。听说这里是珀斯的起源，它位于西澳大利亚南部海岸，是一座重要的港口，火车沿海而行，因而临近时可以看到很多巨大的船坞。

小镇上的老殖民建筑一般只有两层楼，都还保持着 19 世纪的样貌。一楼门店大都是画廊、精品小店或者书店。街道不宽，但很干净，穿梭在古香古色的小巷中是最棒的游览方式。

我们偶然发现一个周末才开放的农贸市场。周围的果农、菜农把自留地的鲜果运到这里卖，形式和咱们中国小镇赶集差不多。

在卡塔尔这个富得只剩油的土豪国，几乎所有的果蔬都只能靠进口，豆腐都能卖成肉价。当我在这里看到那些鲜脆欲滴、秀色可餐的新鲜食材时，那种欲罢不能、想要统统收入囊中的冲动迅速窜集全身。

当然这里除了食物以外，还有很多手工艺品。我试戴了印第安纳·琼斯拉风的酋长帽子，品尝了纯度极高的本地蜂蜜，还购买了日思夜想的澳大利亚土特产护肤用品——绵羊油，感觉这趟来农贸市场捡了两毛钱的大便宜。

出了集市，不远处，遥望街角，一位抱着吉他的街头艺人正对着路人倾情弹唱。我们进进出出各式小店，搜罗新奇物品。逛累了，就坐在街边椅子上休息，晒会儿温柔的太阳，享受这样的风和日丽。

也许是受这儿单纯、简单的生活影响，大部分珀斯人都像这里的阳光一样温暖友好，我们问路时，他们总是笑脸相迎。

我想这就是环境造就人。

我喜欢澳大利亚，自始至终未曾改变过。

墨尔本的夏日圣诞

2013年12月，班表君赠给我几乎整月的欧洲班，让我过足了圣诞瘾。因为垂涎欲滴的烤蛋糕卷饼，我记住了那个缤纷雪夜中的布达佩斯；还有人们举着美味华夫饼，品味香甜时刻的比利时布鲁塞尔……

白色下雪夜、绿色圣诞树、深色巧克力、彩色礼物盒，仿佛这才是圣诞节该有的颜色。当寒冷与温暖交织，燃起在壁炉前的炭火、乘着驯鹿车满世界派发礼物的圣诞老人和相聚在一起共进美妙晚餐的亲人才是这时刻该有的主旋律。

2014年12月，班表君体恤我，为了拓展环游世界的深度，给了我南半球的澳大利亚墨尔本，在这儿体验了一次颠覆我所有认知和想象的夏日圣诞节。

很开心，能和我的好友天心（马来西亚华人，乘务长）一起执飞这趟航班并共度佳节。

12月的南半球，墨尔本刚入夏，昼夜温差特别大，我几乎是早穿棉袄午穿纱。但在这座充满朝气的城市，当地人已经迫不及待地换上了各种炫目的短袖、短裤、运动服，带着自家小狗晨练起来，或是与三五好友沿着雅拉河畔漫步行走，说说笑笑。温暖的阳光，清新的微风，新鲜的空气，一座健康宜居的城市所应有的基本要素，这里都有，一个早上的工夫，就可以领略够。

清早起来，我和天心饥肠辘辘地来到酒店附近的麦当劳，虽然全世界的麦当劳都一个样，早餐是永恒的煎蛋、面包配香肠，但至少这里多了点儿自然采光。开敞的大门，小鸟自由地在室内飞翔，寻觅美味面包屑的踪影，胆大一点儿的，干脆直接跳到食客手上与他们共进早餐。

在澳大利亚，自由是永恒的主题，即便是我们坐在联邦广场台阶上看人来人往，晒个太阳，或者举起手里的相机捕捉市井生活气息。

我正饶有兴致地享受着做半吊子摄影师的角色，忽然，一位坐在前面低一级台阶的金色长发帅哥回头，目光直勾勾地看着我。他以为我在拍他，干脆起身走过来，在镜头前大方地摆出炫酷姿势，当起模特，随后像遇到老熟人一样坐下和我们攀谈起来。原来，他约了好友在广场见面，闲等之余，晒个日光浴。没聊几句，他的朋友就赶来了，他绅士地向朋友介绍新认识的我们。刚到的这位帅哥提议说："不如我们来一张合照吧。"我和天心相视一笑，心想："这哥俩还真是志趣相投，爱好当模特。"

墨尔本的圣诞节，除了街上每隔几米象征性放置的圣诞树和楼栋间挂的彩色横幅外，圣诞色彩的确不如欧美的白色圣诞那么浓郁、自然。也许这个节日，本来就该属于冬天。

我们一路闲逛，忽然，发现好多路人都停下来仰望天空，我俩也好奇地顺着他们的眼神看去。天空万里无云，一架格外显眼的喷气式飞机在这块蓝色的天幕上画出了"Lily，Marry Me！"（莉莉，嫁给我吧！）的字样。

这句动人的情话和句末的桃心云，随风扩散，变得越来越大。浪漫的求婚方式，激发了许多路过的未婚少女，甚至抱着小孩的妈妈们的少女心。情不自禁地发出"哇"的羡慕声。

▲戏剧风十足的街头艺人

每次漫无目的地行走，总会有意想不到的发现。霍西尔街（Hosier Lane）就是其中之一。

这是一条非主流小巷，也是墨尔本最富有活力的地方。狭窄的街道两边和卷帘门上满是大胆的涂鸦。精品小店和快餐店是喜欢穿荧光 T 恤、红男绿女们的根据地。这里还聚集了许多怪咖、沉浸在自己世界里的行为艺术家，还有像我们这样的路人甲。

我和天心决定在小巷的一家餐厅室外坐下。倚靠着涂鸦卷帘门，喝一碗巨无霸南瓜汤，听一旁的街头艺人吹拉弹唱。味觉、听觉、视觉、嗅觉……启动所有感官，来品味墨尔本的夏日圣诞。

没有白色下雪夜将气氛烘托，谁又能说，它不是色彩斑斓的？

Chapter 5

外航空乘幕后花絮大揭秘

Gossip girl

揭开外航面试的神秘面纱

不知道你有没有一个想到就会心痛的梦，这个梦就像歌里面唱的那样：“得不到的永远在骚动”“痛并快乐着”……

比如浪迹天涯、环球旅行、当明星、做民宿主、成为美妆博主……实现梦想，最简单的方法是睡觉，但醒的时候，它依然虚无缥缈。集美貌智慧于一身的你，用手指在胸口轻轻戳一下，看痛不痛。

如果说，有一种职业是集以上美梦于一体，即可以让你睡遍全球高档酒店或住上最时尚的民宿，每天和一群朝气蓬勃的帅哥美女混迹在一起吃香喝辣、环球旅行，你愿不愿意？

这个可以改变人生轨迹的神奇职业是：外航空乘。

下面，就让我带你一起揭秘它的幕后花絮吧。

首先，外航公司面试是全英文的，所以要想实现梦想，必须学会对付那些“国际化”老外。

“老外就是老外，还分什么国际化，不就是些欧美人吗？不都说着像鸟语的英文吗？”你可能会这么问。

但事实上，外航的老外范畴大了去了。考官有可能来自西班牙、菲律宾，或是黎巴嫩、印度、罗马尼亚、土耳其……各种形式的排列组合、混搭。考生的耳朵必须十分灵敏，随时需要切换阿拉伯口音和咖喱味英语的频率，而且除了适应考官的英文，还有我们无敌的“三颗药，给你妈吃”的中式英语。

外航面试一般分为海选、复试和终试。不管你是否到过阿联酋航空的战场还是卡塔尔航空的沙场，但凡走到小组讨论这一复试环节，相信你的内心一定有说不完的深刻“面经”，因为这一轮可以体验全国各地口音集锦。

小组讨论时，考官通常会把大家分成一个大组或者几个小组，然后围成一个圈进行话题的讨论或者辩论。来自四面八方的考生此前可能互不相识，无论年龄、教育背景、工作经验等也都各不相同，却要在短短十几分钟甚至更短短时间内以迅雷不及掩耳之势打成一片，装作相谈甚欢、配合默契的和谐团队。其他成员发言讲话时，就算语法混乱、语音语调奇葩，也不得不假装听得认真，或许还要下意识加入一些积极的肢体语言。比如，时不时地点头微笑以示应和。

考官给出的题目千奇百怪，没有和空乘相关的专业知识。比如，新加坡航空喜欢让考生辩论结婚早好还是晚好，或者讨论“钱可以买到幸福吗”等比较生活化的话题。

卡塔尔航空则喜欢问大家留学的好处与坏处，中国民族文化的特点，等等。大家你一言我一语地各抒己见。考官围在周围，仔细观察考生的一举一动、一颦一笑。要是在这期间，谁不经意翻了个白眼，嘬了下嘴，或者全程不在状态，插不上半句话，或者自恃口语厉害，犯了话痨病，说个不停，都可能在这一关被无情淘汰。

为什么？也许有面试经验的你会两手一摊，纳闷自己明明把外航空乘应该具备的素质都牢记在心了，什么 Open communicate 、Respect 、Smile（有效沟通、尊重、微笑）……关键词也背得滚瓜烂熟，却怎么还是躺枪了呢？

这个小组讨论究竟是要考察些什么呢?

外航有一个很大的特点，尤其以中东航司和新航体现最为明显，即每一次航班的同事都会不同。也许就像大家在入职之前所期待的那样：每天都能遇到不一样的灵魂，远离朝九晚五一眼望到尽头的无聊人生。

2011 年我入职卡航的时候，卡爸爸（卡航昵称）的空乘孩子们就有七千多人（像阿联酋这样的大家族人数早已过万）。执行航班时，如果按照概率来计算，和同一个同事飞两次以上的概率非常小。

这就像在面试时，一群来自四面八方素不相识的考生，聚在一起准备讨论一个陌生话题的情景一样。只不过飞行是面试的升级版实操，人物从中国境内的考生变成了来自世界各地的空乘，升级的不仅仅是语言上的差异，还有文化、宗教信仰，但不再是模拟淘汰，只有实战飞行。也正是因为要面对这样的国际化工作环境，所以，与外国空乘同事们的沟通技巧就显得格外重要了。

现在这个世道，讲究说话的艺术，所以综艺节目《奇葩说》火了，它的二销产品《好好说话》新书大卖了，如果你想锻炼自己的说话技巧，就去挑战外航吧。

外航空乘绝学之“看脸识国籍”

在我个人看来（也许会有些偏激），卡塔尔这个中东海湾地区的石油大国，世界上最富有的国家之一，却更像阿拉伯世界里的“小印度”。因为这里 90% 都是外来务工者，人口基数小，国家福利好到几乎不需要当地人从事任何辛苦的工作。所以，像基础设施建设这样的脏活、累活基本都由外来的印巴劳工（印度、巴基斯坦、尼泊尔等）包揽。

卡塔尔航空这个微型世界，又像是一个迷你联合国。同事们来自天南海北，国籍超过 120 个。按照人数划分，羚羊家族最大的势力非印度军团莫属，其次是韩国 Oni（小姐姐），再次是菲律宾 mafiya（本意是黑手党，在这里用以调侃小团体或组织的意思），三大派系构成了坚不可摧的羚羊长工三角阵势。当然，亚洲籍空乘还有中国、斯里兰卡、日本、泰国、马来西亚等，欧洲占多数的是来自罗马尼亚、塞尔维亚、波兰、法国、克罗地亚等国家。要说非洲大陆的话，比较常见的组员来自肯尼亚、南非。此外，还有一些极其小众的国家比如我最梦寐以求想要探索的国度冰岛，幸福感极强的亚洲“穷国”不丹，还有一些我此前从未听过的国家：特立尼达和多巴哥。这是一个位于加勒比海群岛的国家，首都的名字也颇让人费解，叫作西班牙港。这里的人皮肤黝黑，和非洲大陆的黑人没有太大差别。记得在一次飞往美国的航班上，遇到来自这个国家的空乘，我硬是拉着她把国家名字的单词拼写在我的小记录本上，还扭着她教我念，直到舌头不再打结为止。

你也许会问：羚羊航空外聘这么多国家的空乘，那他们本国人呢？会工作吗？来卡塔尔工作的空乘是否都要求会阿拉伯语呢？或者英语要达到什么级别才能考上呢？

首先，作为富得流油的卡塔尔土豪金主是看不上这点辛苦飞行换来的搬砖收入的，但国家碍于面子（卡塔尔法律规定：无论何种外资公司，都必须有卡塔尔人持股参与或担保，其实就是一种变相扶持），也会安排一些卡塔尔男人从事简单工作。聪明上进的，会去学习开飞机，随后直接加入卡航，沉迷网络世界的就安排在机场敲章做海关关员。但鲜见卡塔尔妇女工作的身影。因为，就卡航这点儿“毛毛雨”收入，还不够她们去伦敦旅行坐一趟头等舱的费用，或者逛一趟巴黎老佛爷，买一款限量版的爱马仕呢。但毕竟这是一家阿拉伯半岛上的航空公司，语言方面必须配备会讲阿拉伯语的空乘，所以，在阿拉伯国家里，占最大比重的语言使者主要来自北非的发展中国家摩洛哥，此外，还有埃及、约旦、黎巴嫩甚至伊朗。

不同语言、宗教信仰、文化差异在这里碰撞出神奇的火花，通过大家都会的英语作为沟通桥梁，以尊重做基石，把这个庞大而又复杂的航空服务体系运作得井井有条可是一门大学问。

入职培训中，除了安全与紧急逃生、客舱服务、急救课程外，还有一个专门为提高沟通效率而设的 CRM（Crew Recourse Management）课程。

公司一般会安排资深机长为我们上课，在这里团队既包含了 Cabin

Crew（空乘）也包括了 Flight Deck Crew（机长和副驾）。在公司看来，无论是空乘与机长的沟通，还是空乘与后勤餐饮部或者机上清洁工的交流，都是成功执飞一趟航班的必要因素。CRM 培训几乎每一两年就有一次，给我印象最深刻的一次，是一位来自英国机长的课。

印象中，剃着寸头的 Captain Lee（李机长）40 岁上下，课上他穿的是浅蓝色的紧身衬衣和深色西裤，职业、干练，身材壮硕，看上去是个爱健身的主儿。他脸上总是挂着笑容，让人没有距离感。

CRM 的培训地点设在多哈一家星级酒店，参加课程的机长、空乘陆续到场就座。与以往中规中矩的自我介绍开场白不同，他与我们玩起了看脸识国籍的破冰游戏。李骄傲地宣称自己有一个“特异功能”，就是只看脸就能把陌生人的国籍猜得八九不离十。

大家拭目以待，游戏正式开始。从座位第一排起，他与每个被揭秘对象微笑对视的过程中，会把思索的过程和对方的面部特征用幽默风趣的语言描述出来：鹅蛋脸、一字眉、皮肤那么好，名字里带 KIM，你是韩国人，肯定错不了……同学们边笑边顺着李机长的描述把目光投向韩国小姐姐，上下打量。当然这样的结果自然是比常理出牌、毫无新意、走过场的自我介绍让大家记忆更深刻。CRM 的理论知识看似还没开始，但他的用心我们早已感知。

回头想想，除了因为工作的原因，李接触的人多之外，善于留意生活细节、悉心洞察事物才有了让人舒服又有新意的 human touch （人情味）课程。

说到看脸识国籍，我们卡爸爸的爸爸（CEO）也喜欢玩这款游戏。我在《飞 · 行 · 记》里是这样记录的：

在经历了三天一大考两天一小考的入职培训头脑风暴之后，我们班十几个同学终于迎来了胜利的曙光 Wings Day（翅膀日，即毕业典礼），“老大”会在这一天发表演说，恭祝我们顺利取得飞行资格。

为了迎接这位重要人物的到来，大家的妆感都很浓，演讲正式开始，我像面试那样把腰板儿挺得笔直，正襟危坐，我的“假正经”坐姿在国内航司也许还派得上用场，但在外航就显得有些画蛇添足。CEO 一眼便看到我，打趣地说：“You don’t have to sit that stiff.”（你不用坐得那么僵直。）“What? Stiff ? What is stiff ? oh mamamiya.”（什么？ Stiff ？什么是 Stiff ？我的老天爷。）我在脑海里疯狂搜索着这个词，压箱底的四六级、新概念、雅思都闪了一遍，可还是没谱，笑容有些僵，纹丝不动陷入尬聊。他见状，学着我的坐姿再放松地靠向椅背，我秒懂了他的意思。

“大家都不用太拘谨哦，放松一些，今天是你们的主场，我可没你们想象中那么可怕……”

大家笑作一片，本以为就没我什么事儿了。老大忽然再一次向我发话：“Are you Korean?”（你是韩国人？）

我：“No.”（不是的。）我笑眯眯地答道，故意没有直接揭露谜底。

老大：“Japanese？”(那是日本人？)他不甘心地追问道。

我：“No，I’m Chinese.”(我是中国人。)心想：为什么自从来到卡航，韩国小姐姐说我是韩国人，就连阅人无数的老大也这么猜。

猜国籍的游戏在羚羊家族每天都在各个航班上演，永远不会过气，大家乐此不疲，试图通过每天练习，把自己的“特异功能”不断升级。

在与不同国籍同事沟通的“技巧”上，可不单单是生硬罗列在培训手册上的冰冷文字，比如：

Language:formal/respectful /natural/simple/courteous/warm（语言：正式、尊重、自然、简洁、礼貌、温暖）

Tone:friendly/sincere（语调：友好、真诚）

Gestures:positive/open arms/leaning forward/eyes level（姿势：积极、张开双臂、略微前倾、眼神目光）

故事中的猜国籍只是沟通技巧的载体，其本质其实是人际沟通中最真实的那一份 human touch（人情味）！

外航空乘绝学之“识别老司机”

作为菜鸟新人，刚开始飞的那会儿可以说是随时随地要做到察言观色。

因为每一次执飞的同事不同，所以飞前都会开机组会议，我们形象地称其为“相亲大会”。但此相亲非彼相亲，是大家相互熟悉的一个过程。作为菜鸟新人，我们自成了一套识别老鸟的方法：几乎所有的资深空乘（女的）都会在手包上挂一个消毒液，而这消毒液在当时的我看来，可以说是极其高大上。不仅外壳可以 DIY 自己喜欢的塑胶外套（就如苹果手机的外壳那样多样化），消毒液还兼具香水功能，味道如同名字那样美丽诱人：winter snow、cherry blossom 、warm vanilla、candy apple（冬雪、樱花、暖香草、苹果糖）……

当时，只有那些有资格飞美国的空乘才能买到，要想取得美签，必须有 1 年以上飞行经验。我就盼望快点儿拿到飞美国的资格，好买一个有“身份象征”的消毒液。

所以，每当大家走近会议室，默默围坐在一起形成小组讨论阵势开启交流模式前，第一步就是观察。

横扫一眼当天将要共事的同事，再与飞行笔记上的工号核对（公司系统会有当天航班的组员姓名、工号、语言），有了这些信息，国籍基本不用猜了：姓金的（KIM）一般都是韩国人，如果工号新，那阿弥陀佛，今天航班一定有一个给力的劳动力；叫辛格（Singh）的一般都是印度三哥，不好惹，惹不起。称 Premaporn（porn 结尾的都是泰妹）的，除了她们带有识别度的泰式口音外，还总爱解释 Porn 在泰语里是星星的意思，然后等大家自行领会，直到不再笑场。要是一个机组有两个以上日本籍空乘，那基本不用思考，因为对于阶级制度十分严谨的日本国民而言，这种传统是渗透到骨髓的，所以，资历浅的一定会走到资深空乘的面前鞠一个 90 度的躬，堆满笑容说：“私は ××× と申します。初めまして、どうぞよろしくお願いします。wa da shi wa ××× to mo shi ma su. Ha ji me ma shi te, do zo yo ro shi ku o ne gai shi ma su.”（我是某某某，请多关照。）

但这都不是最重要的，所有组员最先“扫描”的通常是乘务长，然后，从工号、国籍和面相上来推测今天这趟航班到底日子好过还是难过。

大家内心戏演完之后，乘务长就开始带头做自我介绍并分享航班信息：有多少商务舱的 VIP；婴儿数量；老人小孩比例；特殊餐食预订量；机长、副驾驶的名字、国籍等。当然机组会议还有最关键的环节：随机抽问安全、服务、急救知识。每到此刻，气氛就会比较紧张严肃，要是谁答不上来，那就是一个大写的尴尬。

所有航班起飞前的准备工作，自我介绍、迅速和新团队熟络，都是板上钉钉的事。这个基础环节除了初试、复试、终试会有，更会贯穿整个飞行生涯。机组会议的自我介绍信息非常基础，开口之前，最好先用一个五星级的微笑横扫所有机组同事：

“Morning guys, my name is yin, you can call me Jessica, I’m from China, being flying for 4 years and half, nice to see you all here."（早上好，我的名字是 yin，你们可以叫我杰西卡，我来自中国，在卡航做空乘 4 年半了，很高兴见到你们。）

说完，眼神扫过所有人以表尊重。自我介绍的基本信息包含姓名、国籍（语言能力）、资深程度。每个人一轮说下来，加上航班资讯分享和知识问答，大约需要 1 个小时。

要说知识问答环节，除了刚飞的新人会抖三抖以外，已经难不倒老鸟了，除非偶尔遇到一些厉害的狠角色。

我印象最深刻的是一位黎巴嫩乘务长。这个环节他一改游戏规则，从一人提问变成让同事互问互答。不过，大家都能理解对方心情，绝不为难。都是一条绳上的蚂蚱，相互使个小眼色，所提问题都很基础。这样反而能迅速有效提升团队的默契，我想他也正是醉翁之意不在酒吧。

所以，工作中的沟通技巧于我而言首先是观察，这是在进入正式交流之前的一个必要过程。

走路去巴西换封表扬信

你可能会好奇，这么多国籍的空乘在一起，平时会和中国同事一起飞吗？一般都会配几个中国国籍的空乘呢？

答：不一定。在卡航，每次航班空乘国籍的组成是随机的。不过随着卡航在中国航线的不断扩张，但凡是中国班，或者根据订票系统大数据显示中国乘客较多的航班，比如，圣保罗（中国金主们要转机去南极旅行）、希腊（蜜月班），通常都会配至少一名中国籍空乘。

但是，既然在一家国际化的航空公司工作，就要习惯和不同文化背景的同事一起和谐共事。我记得有一次飞 16 个小时巴西圣保罗（在当时是卡航最长的航线），大满舱，我几乎是以小跑的步调做完第一轮送餐服务，之后就到了大家轮休的时刻，我和来自印度的乘务长分在了一组，共同担起伺候商务舱乘客吃好、喝好、睡好的艰巨任务。

“1A 座的穆罕默德先生要一份阿拉伯的头盘，3C 座的辛格先生要一份鸡肉土豆配印度飞饼，5D 一位女士要吃芝士味的意大利面和玫瑰香槟……”

我念菜单，他负责根据订餐内容把冰箱里的食物加热，没有多余的废话。如果我到客舱送餐给客人，他就会提前做好下一位乘客餐食的准备：摆盘、开酒，甚至会帮我分担一些舱内的工作，16 个小时里除了轮休的那几小时外，我俩几乎是走到巴西的。

做好分内之事的同时，为同事提供实打实的帮助，也许少说多做反而更走心。所以交流的本质是什么？是没有过多花里胡哨的语言修饰的真诚。

出乎意料的是，1 个多月之后我竟然收到了一位乘客通过公司网站写给我们的表扬信。上面赫然写着我和乘务长的名字。

一个印度乘务长（通常印象不会很好）和一个中国籍空乘的神奇组合，在极具挑战的圣保罗航班，打下了胜利的持久战，平凡的工作被赋予肯定，换得了我飞行生涯中意义非凡的一封表扬信。

我想，无论是和同事还是与乘客相处，一些微动作、小细节都会给别人带来不一样的影响，就算是平常的航班、普通的工作，人与人之间只要心存感激，所遇则温柔。

生活旅行　东欧妞的敲门声

“啊！！！我要去米兰啦！！！”

2011年10月，我激动地拿着飞行生涯的第一张班表，横扫过去，一眼就望到了时尚之都米兰。这是我第一座将要造访的欧洲城市，激动的心情自然溢于言表。我拿着打印出来的A4纸班表在客厅里惊声尖叫、又蹦又跳。高分贝穿透了层层木门，把住在对面的罗马尼亚邻居给引来了。

急促的敲门声一定是有什么急事吧？

我开门一看，她一脸凝重地问：“到底发生了什么，是不是进贼了？”

我听完哈哈大笑，一个熊抱扑到她身上说：“我是因为太开心要去欧洲啦。”

她没好气地说：“你这尖叫分贝，我还以为出了什么大事儿呢，所以赶紧过来看看，没事就好，没事就好。”

这位罗马尼亚邻居住在对面不到3个月，平时上下电梯碰上了会简单寒暄几句，虽没有走得很近，但大家相敬如宾。遇上我这一尖叫，她这门一敲，我们和谐共处的关系又向前迈进了一大步。俗话说得好："远亲不如近邻。"独在异乡的生存法则之一就是有效及时沟通，搞好邻里关系。

说到生活中的沟通，不得不提到的是我那位来自新德里，信仰伊斯兰教的印度室友。起初，我和她交流甚是困难，她浓重的咖喱味的英语让我非得重复听上好几遍才能理解，到后来，自己有时候也会被她给带偏。

在卡航，住宿水电气都是由土豪公司提供，所以和谁一起住，自然也是公司说了算。幸运的是入职以来，我和室友相处得非常融洽。

她因为有一位无辣不欢的重庆妹子室友，爱上了火锅，而我也常常会蹭她亲自下厨做的印度飞饼和特色姜茶。如果对方有航班，拉着拉杆箱准备出门，都会相互道上一声"Safe Flight."（祝你一切安好。）要是遇到对方下班，则会关心地问一句："How's the flight ?"（航班如何啊？）如果发生了奇葩事，那定会一屁股坐在沙发上聊上好一阵，或者对方一边卸妆一边靠着门框听稀奇故事。

因为她是穆斯林，每年斋月我都会格外注意。比如，把音乐的音量控制在她听不到的程度，她在祷告或者诵经时保持安静不去打扰，斋月结束之后一起庆祝开斋节。

说来也奇怪，我们一起参与入职培训又成为室友，却从来没有一起飞过航班，有时候因为班表的原因，甚至大半个月都不一定能打上照面，但公寓的清洁卫生却异常良好。谁休息有空了，就做一下打扫，冰箱上绝对没有"周一，某某某负责厨房、厕所，周二某某某负责客厅"的硬性规定，我们的原则是：革命靠自觉。要是遇上对方放年假即将归来，还会特意提前做大扫除来迎接对方，配合十分默契。

就这样，和一个印度的穆斯林同事和谐共处了四年半，在我离职前，她还特意买了我特别喜欢的一个牌子的衣服作为临别礼物相赠。

如何与外国空乘同事沟通，你也许会发现，我想表达的其实是真诚二字。用更时髦一点的表达那便是"走心"。因为要想成功面试外航，最基本的是流利的英语交流能力，这是敲门砖。至于其他什么微笑啊、眼神交流啊、积极的肢体语言啊，早已是老生常谈，无须赘述。

想起一句话：再高的智商和情商都不如有一个靠谱的人品，所以人与人之间的交流我想用这样一句话做结尾：

少一些套路，多一些真诚！

Chapter 6

外航空乘的八卦时间

Q&A

面试篇

1. 面试外国航空公司，英语到底要达到什么水平？怎样才算是流利？

这个问题绝对是备考外航的准空乘们最关心的话题。我认为，所谓的流利就是要达到能够在国外舒服地生活、工作、学习的水平！外航似乎更看中实际能力和综合素质，所以不管你是职高毕业还是英语专四专八、海外留学背景，证书在这里算是浮云（当然你最好要有），一起 PK 的时候重要的是看谁会说，说得更有礼貌。

2. 我的英语口语不好怎么办？

如果上一个问题我没有回答清楚，那我就说得再直白一点儿，试问哑巴英语怎么服务好乘客呢？如果在国外问个路都要想半天，而且还听不懂别人的回答，那就别纠结了，考外航那是和自己过不去。所以口语不好只有练习练习再练习，有方法但无捷径，我绝对不会告诉你，没关系。

3. 我还没毕业，但是心仪的航空公司就来招聘了，我到底要不要去，好纠结啊。

如果你喜欢的航空公司在招聘介绍里明确说明欢迎 ×× 应届毕业生，你又正好在这个年限内，那当然可以勇敢尝试，如果被录取了，他们肯定会等你毕业。我就是 5 月初打飞的面试的卡航上海站，7 月一拿到毕业证就飞往卡塔尔正式入职，无缝连接。

但是如果目标航空公司明确说明了入职和培训时间（是在你拿毕业证之前），那还是建议以学业为重，除非你完全不在乎肄业。

4. 最热门的航空公司都有哪些?

最热门外航非中东土豪航空莫属：阿联酋航空、卡塔尔航空、阿提哈德航空；亚洲航空公司里最热的要数新加坡航空；欧洲航空公司比较火的是德国汉莎和荷兰皇家。

5. 到底去哪些航空公司工作可以真正意义上实现环球旅行?

想要环球旅行，首先得弄清公司都有些什么航线，其次是公司的政策是否允许中国国籍的执飞。

欧洲老牌航司航线虽然多，但中国籍空乘基本只能往返中国与航司所在国。

所以，就目前来讲，拥有 150 多条航线的卡塔尔航空、140 多条航线的阿联酋航空是真正意义上可以将环球旅行梦想照进现实的公司，另外同样很火的新航，航线数在 60 多条，也具有一定诱惑力。

6. 外航面试竞争大不大? 有多大?

竞争大与否永远是一个相对的问题。个人认为，面试外航比在中国考公务员简单。来看一个不完全绝对的数据，一般一场热门航司的招聘，比如卡航、新航，参与初试的人数如果有 500 人，最后录取人数可能在 10~20 人，占比 2%~4%，当然录取比例也受很多因素影响：招聘所在城市交通、航司影响力、热门程度、考生整体水平，等等。

7. 我面上了外航，是住在中国还是住在国外?

基地在哪儿就住哪儿。

卡塔尔航空基地在卡塔尔首都多哈，阿联酋航空基地在阿联酋迪拜，阿提哈德航空基地在阿联酋首都阿布扎比，新加坡航空及其子公司酷航基地都在新加坡，德国汉莎航空基地有两个，分别是法兰克福和慕尼黑，其他大部分外国航空公司基地都在国内，如果想面外航又不愿意久居国外的考生一定要注意了，尤其是已婚已育的。

8. 我是应届毕业生，实习经历少，只有一两个，貌似面试外航没有什么客户服务经验的谈资，去面试是不是很吃亏？大家都有去国外做志愿者、留学的经历，感觉自己在这方面没有优势。

高中就学过，只要不是从事农业、工业，那就属于第三产业即服务业，就必然会跟人打交道，所以无论你是大学生，实习经历少，还是在职白领拥有几年工作经历，无论你是被服务对象还是服务他人，只要留心生活、工作的细节，善于发现、总结，就无所谓实习经历的多与少、长与短。也不要被面试场上的“海归”吓得半死，因为外航面试中，除了考察英语能力之外，还有团队精神、时间管理等综合考核因素。

9. 我身高不够，怎么办？

一般的外航招聘，最低身高要求是158厘米，这可比国内航空的要求低很多。如果身高只差一点点，可在专业老师科学指导下，通过练习空中瑜伽，增加脊柱空间及身体延展性来增高，但千万不可拔苗助长。在选择航司上，可能会受到局限，但也要过滤出基本符合身高要求的目标航空。

10. 我身高够，但是摸高捉襟见肘，怎么办？

无论是身高还是摸高，都是外航面试的硬性规定，打不了半点折扣。其目的是确保空乘够得着行李架存放的安全及救援设备。如果摸高差一点点，同样可以通过正确练习瑜伽，提高身体延展性、肩关节灵活程度和脊柱空间的方法来改善，此处还需要注意两个关键词：科学和持续。

11. 国内面试外航，竞争太激烈了，我是否可以飞到国外去面试？

不建议。首先中国的法律规定，外国航空公司不能直接雇用中国籍员工，这就是为什么有FASCO（北京外航服务公司）的存在。

FASCO是什么？百度说它隶属于中国民用航空局国际合作服务中心（中国民用航空局外航服务中心），专业为境外航空公司提供各类劳务人员，包括地面专业技术、服务人员、中国籍乘务员、空中翻译、机务人员等。

所以，从理论上来讲，国外的航空公司必须通过FASCO在中国组织的招聘会。

如果对自己的英语和面试技巧非常自信的你，非要任性也飞到国外面试，可能有两个结果：

1. 考官会堆满笑容告诉你，谢谢你大老远打飞的过来面试，但是你的简历我们没办法收，请耐心等待我们在中国的招聘。（90% 的概率）

2. 人品大爆发，某航司接受了你的面试并且顺利走到最后，之后的体检、政审还是得和 FASCO 对接。（10% 的概率）

这里你就得算笔经济账了，对于 90% 的失败率，机票、酒店上的花费及路途上的奔波是否是个划得来的买卖呢？

12. 我本人就在国外，是否可以参加航空公司在本国的招聘？

无论你在哪个国家，只要是中国国籍，都会存在需要与 FASCO 对接的问题，同样可能出现以上两种情况，和上面唯一区别在于考生本来就在国外，面试成本相对较低，就算一试也无妨，万一成功了呢？

13. 我有文身，到底可不可以考外航呢？因为招聘条件上貌似没有明确说明。

如果你准备面试卡塔尔航空，绝对不可以有文身。其他大部分航空公司，要求制服必须能遮盖住文身。已有文身又死磕卡航的你，只有选择去洗（注意不要留疤）。还没有文身的你，如果想从事这个行业，还是不建议文身。

14. 我需要满足什么条件才能参加外航面试？

下面我为大家罗列了几个最火的航空公司招聘硬性条件供大家参考。

卡塔尔航空：

年龄 21 周岁以上，含 21 周岁；

身高 157.5 厘米以上，踮足摸高至 212 厘米；

高中（或等同高中）毕业或以上学历；

流利的英文书写能力及口语表达能力；

皮肤状态良好。

阿联酋航空：

年满 21 岁或以上；

牙齿整齐洁白，无明显缝隙或变色；

皮肤状态良好；

身高不低于160厘米，且踮足而立时手指可触及212厘米，以配合各机种之紧急设备；

具备高中毕业（或等同高中）以上学历；

具备流利的英文书写及口语能力；

能流畅书写和听讲普通话或粤语（掌握粤语者优先）；

健康状况符合空乘人员标准；

有客户服务经验者优先；

性格合群，具团队精神，乐于提供优质服务。

新加坡航空：

女性，中华人民共和国公民；

18岁以上；

身高不低于158厘米；踮足双手摸高至207厘米；

全日制大学毕业生（专科及本科以上）；

本次招聘欢迎××年应届毕业生参加；

流利中英文，持有以下英语等级证书之一（PETS、CET、TEM、IELTS、GMAT、TOEIC、TOEFL、BEC）

在救生衣的辅助下能够游泳；

愿意以新加坡为工作基地；

良好视力。

看了世界顶级航空公司的招聘要求，是不是觉得似乎并不是想象中那么遥不可及呢？

15. 我近视，而且不能戴隐形眼镜，可以应聘外航吗？

可以。先请众多近视眼考生吃颗定心丸，我再慢慢道来。

这个问题曾经也是困扰我的一大难题，那时，身边连个咨询的人都没有，一个外航空姐也不认识。为了弄清这个问题我研究了好长时间。

首先，参加外航面试时，是绝对不能戴框架眼镜的。入职之后，中东航空以及大部分欧洲航空都是可以戴框架眼镜工作的。像新航这样的亚洲航空则不允许戴框架眼镜，但可以佩戴隐形眼镜。

在干燥的机舱环境工作，尤其是长航班或者夜航，佩戴隐形眼镜一定要注意保持湿润。

16. 外航体检的时候，检查出哪些毛病会被刷掉？比如轻微高低肩、鼻炎、乙肝、肺结核

外航体检一般有两轮，一轮在国内（结束面试之后，出国之前），一轮在国外（培训前后）。国内都是非常基础的体检，包括胸透、五官科、血常规、尿检等。

高低肩主要是因为脊柱侧弯导致的。

脊柱侧弯度数的测量最常见的是在 X 光片上，在上位椎体的上缘做一条平行线，下位椎体做一条平行线，这两条平行线的夹角就是侧弯的角度。一般 10 度以上被认为存在侧弯，20~30 度属于轻度侧弯。

外航对于脊柱侧弯包容度较内航大，通常侧弯在 25 度内外航都是可以接受的（但也要具体航司具体分析，各公司之间存在差异）。

乙肝等血液方面的问题如果不在正常参考范围，是肯定会被淘汰的。像肺结核这样具有传染性质的病，就算治好了，可能在体检时也会被航医看出肺上的钙化点而通不过哦。所以，一句话：身体是革命的本钱。

17. 脊柱侧弯是否可以改善呢？

大部分的考生年龄都在 20~30 岁，脊柱侧弯一般都不会特别严重，建议通过锻炼比如瑜伽、普拉提、理疗等方法，在专人的指导下进行改善。但这是一个漫长的过程，所以一旦检查出来侧弯超过 10 度，请不要忽视，毕竟身体永远是自己的。

18. 我脸上有疤和痣，不知道应聘外航的希望大不大 。

这个问题还得因人而异，毕竟疤和痣的问题可大可小，可深可浅。

我嘴角也有颗痣，家里的老人说那是“好吃痣”，是好事，以后不愁吃，小时候顶多也就默认自己是个吃货，可因为想要考外航，我固执地一度认为它是我面试的“绊脚石”，还想除掉它。后来在航班上，但凡有印度同事或者阿拉伯同事，她们常常关注到我的嘴角并露出一脸羡慕的表情，因为痣在他们的审美和文化里，是美的代名词。一些阿拉伯妇女甚至会在脸上点痣，

这也是她们化妆的一部分。所以各位爱美的小姐姐可不要跑偏咯。

19. 卡航年假有多少天？可以申请多一些的假期吗？怎么结算工资呢？

卡航带薪年假共 30 天，上下半年分开休，每半年休 15 天。休假的时间在公司系统里提前申请。另外如果理由充分，也可申请非带薪假期。工资自然是飞得多得得多，如果整月都在休假，那当月就只有基本工资。

20. 我结婚了，还可以考吗？

可以。除了那些少部分要求未婚的航司，其他都可以考虑。

21. 我有孩子了，可以考吗？

可以。但一定要想清楚如何平衡家庭和工作，另外要整理出对年龄比较包容的外航，比如中东、欧洲的航司。

22. 外航对文凭的要求是怎样的？学历不一样，薪水会不一样吗？

一般的外航对文凭要求非常接地气。中东的航空公司要求高中或等同高中以上的学历。新航的要求稍微高一点儿，必须是全日制大专及以上学历。由此可见门槛并不高，但并不代表考生可以给自己的文凭打折。因为事实上，参加面试的考生大学生占比就不说了，此外还有研究生、留学生、海龟、工作经验丰富的考生一起 PK，所以文凭上最好不要输了。

外航无论是招聘还是工作都比较公平，学历的高低对薪水不会产生任何影响。

23. 外航的培训要自费吗？一般培训多久？

外航的培训费用都由航空公司承担，培训时间根据公司不同而不同，一般都在 1~3 个月，培训地点在航空公司所在国。比如埃塞俄比亚航空的培训在其首都亚的斯亚贝巴，荷兰皇家航空的培训在荷兰的阿姆斯特丹，结束培训后回到国内的基地。

24. 外航的实习期一般有多长？

大多数的外航实习期为半年。

25. 我不是学空乘专业的也可以考外航吗？

外航欢迎各行各业、各种专业、学生党、白领报考，无专业限制，如果你有一个环游世界的梦，都可以撸起袖子闯一闯。

26. 我的皮肤不是很好，有痘印，面试外航可以吗？

皮肤问题一直是外航非常关注和重视的，毕竟空乘就是航空公司的形象大使，如果通过化妆遮瑕可以掩盖痘印，问题应该不大。面试现且不说，可皮肤是自己的呀，如果本来状态就不好，未来还要面对每天化妆、卸妆、熬夜的挑战，皮肤压力会更大。所以在此之前保护好皮肤，注意防晒、补水、洁面和保持良好心情都非常重要。

27. 本人皮肤很好，但是天生有眼袋、泪沟，化妆以后不是很明显，但还是看得出，会不会有影响？

如果化妆以后不是很明显，则问题不大，找准面试重点，不要杞人忧天，毕竟外航空乘不是花瓶更不是世界小姐。

28. 外航空乘在招聘乘务员的时候最看重哪些特质？

如果用一句话概括，叫综合素质。

关键词包括英语、亲和力、团队精神、时间管理、服务意识、人际沟通、学识、见识，说起来挺抽象的。

用大白话讲，是既能对付天兵天将，又能应对牛鬼蛇神。

29. 你是怎样了解到这个职业的？

首先是因为在大学有了在美国迪士尼交换工作、学习的经历，毕业前我就整天琢磨，什么工作既能在大学毕业后收入过万，又能够环游世界，之后在网上冲浪没几天，这个职业就映入眼帘，从此一发不可收。互联网发展迅猛，如今信息收集整理一定更加便捷了。

30. 为什么很多外国航空公司都不给中国籍空乘全球飞的机会呢？

尽管这些公司都有全球航线，但因为中国籍空乘的主要作用是语言沟通，公司一般只安排飞该国与中国的往返。能够全球飞，不受航线限制的就只有中东、新航及其全资子公司酷航，这也就是为什么这几家航司这么火的原因了。

31. 去中东航空当空乘，是不是要会阿拉伯语？

不是必须，但在面试中是个加分项。英语才是敲门砖。我入职卡航两年后才想起去学阿拉伯语，虽然只有两个月，而且还只是入门级，但在航班上和阿拉伯同事、乘客插科打诨还是够了。所以多学一些小语种，对未来的工作和交流都很有帮助哦。

飞行篇

32. 如果感冒还能执飞吗?

理论上讲，身体是革命的本钱，无论对自己还是对乘客，都不建议在此刻发扬“带病坚持上班”的大无畏精神。

从科学的角度来说，感冒的时候，尤其是带有鼻塞、耳塞的症状，飞机起飞和降落时，客舱压力的变化会对耳膜形成非常非常非常大的压力（正常的时候感觉不到），所以无论是从理论上还是科学上，都不建议感冒时飞。

33. 飞机上都有什么好喝的?

无论是内航还是外航，每个公司都有自己的酒水配备标准。坐廉价航空，酒水得自己掏腰包，在五星级航空上则可以随意享用。经济舱、商务舱、头等舱的配备也会不同。

以卡航为例，经济舱的饮料一般有满足大众需求的可乐、七喜、美年达、姜汁汽水、苏打水；酒类包括伏特加、威士忌、白兰地、金酒以及各式葡萄酒；商务舱的配置除了涵盖这些以外，葡萄酒、烈酒的可选择性、年份、产地又进一步升级。卡航的空乘如今都要接受 WSET 1（烈酒与葡萄酒初级品酒师）的培训，所以这个工作绝对不仅仅是茶和咖啡的游戏。

34. 你们飞国际航班的空乘到底休不休息？在哪里睡觉呢？

卡航把航班分为短途（0~1.5 小时）、中途（1.5~5 小时）、长途（5~14 小时）以及超长航线（14 小时以上）。

比如多哈飞美国休斯敦，大约要 16 个小时，曾经一度是卡航的最长航班，2017 年开通了新西兰的奥克兰，17 个小时不间断航程，一跃成为卡航航线之最，也是世界之最。对于这些超长航班，我们采取的是轮班制休息制。休息的时长根据载客量、同事之间配合默契程度决定，16 个小时的航班如果工作效率高，轮休睡觉的时间可以在 3~4 个小时，但算下来，连续高强度工作时间还是比较长。

至于在哪里睡觉，自然是有我们的秘密小天地。不同机型，睡觉的地方不同，像经典的波音 B777，在机舱尾部有个通向“行李架”的楼梯，“行李架”楼上就是睡觉区域；如果是空客 A340，休息区则设计在过道楼下。像 A330、 A320 这样的中小型飞机，一般用于短程、中程，所以没有组员休息区。如果大家有机会坐大飞机，可以仔细观察一下。但是出于安全考虑，这些区域是不允许乘客参观的。

35. 在飞期间有没有时间学习我喜欢的东西，比如瑜伽、礼仪培训师、小语种、乐器、烘焙、摄影、开飞机……

我的回答是肯定的。这个工作一大优点就是不用加班，下飞机之后的时间统统属于自己，尤其是五星级航空公司的国际航班很少出现晚点现象（不是说没有），所以只要找到自己的兴趣点，合理规划好时间，工作期间投资自己，学习一些技能，绝对是划得来的买卖。我的同事在飞行期间有考国内外研究生的，有学习阿拉伯语的，还有学开飞机的，只有想不到，没有做不到，也只有不断提升自己，才不会在面临离职时陷入迷茫。

36. 虽然外航空乘看起来是拉杆箱的风采，但我坐飞机的时候观察她们上班还是很辛苦，各种熬夜倒时差，那外航空乘一个月飞多少小时呢？

我的第一本书《飞·行·记》里有一篇文章《记录飞行 141 个小时的

一个月》是这样记载的：

组员一个月如果有 80 个小时飞行数，日子便算得上舒服安逸，飞行和休息可以达到完美的平衡。我很庆幸，大部分的时候公司都让我过着这样的幸福日子。如果是 100 个小时以上，便算是飞行达人了，保底的 8 天休息日基本都会被睡过去。偶尔，公司也会拼了命地给我塞航班，力图为我打造一条“致富路”。而这个月我的飞行小时数近乎平常的一倍，直接从达人晋升为超人。在我 4 年多的飞行生涯中，可谓达到了极致巅峰，同时也在挑战我的极限。

当然飞行小时数会随着公司的发展需求而变动，比如阿联酋这样的公司，由于 2017 年全球停招，到目前，在职空乘每月 100 个小时飞行已经是底线了，很多人一个月 120 个小时，一个接一个的航班都是常事。

至于熬夜、倒时差，无论是从事特殊的飞行工作还是普通人的出国旅行都在所难免，想要旅行甚至环游世界，如果这几点挑战都不愿意接受，还谈什么浪迹天涯。

37. 大家之所以把空乘这个职业称为“青春饭”，就是觉得这个工作太多熬夜、倒时差、无法按时吃饭、辐射等负面因素，这些因素到底是不是真的？对身体消耗是不是真的大？我会不会老得很快啊？

熬夜、倒时差、饮食不规律这些挑战只有等你被世界顶级航空录取才有资格去经历。而大部分的外航航线，中国籍组员只能飞中国和该国的固定往返，航班是相对规律的。

至于辐射，玩手机也有辐射，那到底还能不能愉快地玩耍呢？

对身体的消耗因人而异，如果班表很烂，遇到的同事人品差，每次航班都大满舱，再加上心态不好，飞行的苦大于乐，那一定是消耗意志的。就算是坐在办公室，每天朝九晚五，郁郁寡欢，无所事事、钩心斗角不也是一种消耗吗？

相反，如果烂航班遇到好同事、大满舱能收获乘客的拥抱和感谢，心灵上的愉悦超过了身体的疲累，就不再是消耗而是开心的、享受的。

所以是否老得快，全靠你的心态。

38. 航班上碰到熊孩子，空乘如何管理？

首先像中东航空和新航这样的五星级航空，都会为小乘客们准备机上玩具，比如婴幼儿的是毛绒玩具，再大一些的则是益智类的绘画册。航班还没起飞，空乘就会拿着玩具寻找坐在角落里玩具的小主人，让他们在漫长的航程中有所事事。

另外，机上的娱乐设施也是非常齐备的，有最新的动画片、电影。大部分的孩子坐飞机都非常乖巧、听话，如果遇到实在好动一些的小朋友，我们会拎着他们到后厨聊聊天、逗逗乐，再给点儿小饼干、巧克力什么的俘虏一下，他们就会变成乖巧的小猫咪，什么都听你的。

所以，和小朋友打交道，真谈不上什么管理，Treat them like the way you want to be treated。（照顾他们像自己希望被照顾的那样）

39. 你所在的卡航每个航班配有几名中国籍空乘？

不一定。空乘国籍的配比是根据乘客国籍来安排的。比如从卡塔尔飞往中国的航班是一定会有中国籍空乘的，另外一般情况下卡塔尔到马尔代夫、希腊这些蜜月胜地也会配备，因为每一班都少不了中国旅行团。如果您正好乘坐卡航航班前往摩洛哥或者莫斯科，要是能碰上中国籍空乘，那就算运气。

40. 你对中国乘客的印象是什么？

几个关键词：开水、热心、守规矩。

说到开水，不用我多解释，相信机智的你也能猜到。航班上碰到夕阳红老年团，同事们通常会收获各式各样的保温杯，去厨房一待就是好久，有心一点儿的外国同事甚至会让我在纸上写出“kai shui”的拼音，积累新单词也为未来的工作提供便利。

热心，是因为很多时候会有大爷大妈前来唠嗑：“姑娘挺美，工作也不错，有对象了吗……”

和报道的国内航班上打架斗殴、无理取闹的乘客不同，出门在外，咱们中国乘客都特别守规矩，送餐的时候有什么吃什么，给喝什么喝什么，航班上但凡有中国乘客，我都会提供中文服务，他们顿时就会像见到亲人一般。

41. 一般驻外时间休息有多长？

不一定。少则十几小时，落地到酒店，睡一觉就得返航。多则近 3 天，这时就有充足的时间休息和探索新国度，可以好好浪一浪。

42. 你的同事都来自哪些国家？

印度、菲律宾、韩国组成基数最大的金字塔基座，除了大家熟悉的国家：泰国、中国、美国、法国、俄国、乌克兰、墨西哥、罗马尼亚、土耳其、摩洛哥、突尼斯、埃及、伊朗、黎巴嫩……还有小众的国家，比如冰岛、不丹、特立尼达和多巴哥、马其顿、马耳他……超过 120 个国籍的同事们聚集在卡航，形成小小联合国，一起学习、工作、生活，是一件既挑战又有趣的事。

43. 空乘和乘客们吃的东西一样吗？

通常情况下，公司都配有机组餐食，当然，如果乘客餐食有富余，组员们也可以从中选择。飞机餐的含盐量很高，有的公司允许组员自带食物，当然，大前提是得符合公司规定，尤其是穆斯林航空。

44. 卡航在中国都有哪些航线？都是直飞吗？

北京、上海、广州、成都、重庆、香港、杭州共 7 条航线，都是直飞。

来自这些城市的中国籍空乘都是非常幸运的，可以直飞到家，尤其是成都、重庆，因为这两个目的地的休息长达 3 天，不用等到年假再回家。记得我有一次在一周内连飞了两次重庆，家里人都打趣地说：“你怎么又回来了。”

45. 外航空乘一个月到底能拿多少钱？

薪资福利待遇一直都是个敏感的话题，说得太直白会失去神秘感。一般的航空公司薪酬都是由底薪 + 飞行小时数 + 驻外补贴构成的，每个月的班表不同，薪资也不一样。关于薪资这个话题，先且不说赚多少，但凭着外航空乘在世界各地搬砖买买买的实力，平均一年的消费在 10 万 +。

46. 一提到空乘貌似就想到“青春饭”这个关键词，那外航空乘到底可以干多久？可以干一辈子吗？

如今这世道，既没有“青春饭”，也没有“铁饭碗”。现在的铁饭碗不是在一个地方吃一辈子，而是到哪儿都有饭吃。所以外航空乘的工作只有想干与不想干一说，如果愿意，大部分航司都是可以干一辈子的，尤其是欧洲比较人性化的航司，离职率很低。

再说具体点儿：阿联酋航空、卡塔尔航空的合约是每3年一签，新加坡航空的合约是每5年一签……可无限续签，直到自己飞腻了为止。德国汉莎是3年合同，之后可换永久合同。荷兰皇家比较另类，只签5年不续签，得另谋高就。我提炼出这几个热门航空供大家参考，其他航司就不一一列举了。

微信公众号“萨格勒布飞行”短片

生活 · 旅行篇

47. 在中东工作，气候如何？

就以卡塔尔为例吧，百度说它地处阿拉伯半岛，濒临波斯湾，属于热带沙漠气候。有人形容它热得“鸟不拉屎”。我说，这是一个空调从 5 月一直需要开到 11 月的地方。

热带沙漠气候是什么气候？就是热起来会让人发疯的气候。最热的时候室外气温轻松可超 50℃，夏天几乎没有行人在路上走，所以卡塔尔的城市建设鲜有人行道（全年使用率太低）。但作为世界上最富有的国家之一，各大商场的空调整个夏天会保持在 16℃上下，所以逛街建议带上外套，2022 年卡塔尔世界杯大家可以亲自飞去感受一下。

到了冬天，气候则非常宜人，平均气温在 10℃左右，每到冬季这里便万物复苏，沙漠冲沙、卡塔尔的国庆节、嘉年华都会集中在这个季节。

像阿联酋这样同属海湾国家的气候也是相似的。

48. 中东，听起来就很神秘，在那里安不安全哦？有哪些 Do’s & Don’t？

中东是一个大范围，指地中海中部和南部地区，一般泛指西亚和北非地区。它并不是一个正式的地理术语，一般来说包括了巴林、埃及、伊朗、伊拉克、以色列、约旦、科威特、黎巴嫩、阿曼、卡塔尔、沙特、叙利亚、巴勒斯坦、阿联酋、也门……

像海湾地区的卡塔尔、科威特、阿联酋，由于其丰富的石油天然气资源成为世界上最富有的国家之一，因此只要尊重当地宗教风俗，个人认为还是比较安全的。

Do’s & don’t：

（1）传统的伊斯兰国家建议穿着保守一点，最好不要穿无袖上衣和短过膝盖的裙子。

（2）随时备条头巾，遮阳、防晒，室内还可当披肩。

（3）斋月斋戒期间不要在公共场所喝水进食。

风俗习惯还有很多，就不一一罗列，只有去了才能体会得真切哦。

49. 欧洲航司和亚洲、中东航司的服务理念有什么不同？

几乎所有的航空公司都非常重视乘客的飞行体验，毕竟乘客们都是金主。他们也同样重视中国市场，他们毕竟咱们人口数量摆在这儿，各个公司在中国的航线都在不断扩张中，这一点同样可以从中国招聘的频率分析出来。

亚洲和中东航司更关注乘务员如何呈现最好的一面来提升乘客的飞行体验。

而欧洲航司相对而言会更人性化。他们不仅在乎乘客的感受，同样也非常关注乘务员的感受，工作环境可能会更加开放，公司文化更自由、随和。

50. 环球旅行你最喜欢哪个国家、城市？

这个问题其实是同事们工作之余最常聊到的话题，尤其是每个月新班表出来之后。我印象最深的，从来都不是打卡过的著名景点。要说喜欢，我非常怀念和新加坡好友去约旦的佩特拉古城骑马、骑驴、骑骡子长途跋涉，晒成非洲铜人的一天，以及漂在死海上做 SPA 的短暂旅行，也很喜欢德国慕尼黑的巴伐利亚高原蔓延的绿和曾经雨中漫步过的英国花园。

旅行的记忆很多时候还关乎遇到的人，就算是去同一个地方，每一次的感受会因际遇不同而不同。我因为工作的原因，很多国家去过不止一两次，当我飞了两年时，卡航目的地已经打卡 90%。在飞行的第 3 年，我告诉自己归零，不带任何经验主义重新探索，这样，每个国家、城市对我来说都是全新的。

51. 你认为卡航这几年发展如何？

就在香港回归中国的 1997 年，名不见经传的海湾小国卡塔尔孕育出自己的航空公司。今年她刚满 21 岁，是全世界发展最迅速的五星级航空公司。

2011 年，我入职卡航，当时的航线已近 100 条，如今的航线超过了 150 条，并且每年都在不断拓展新航线，是服务六大洲的最年轻的全球化航空公司之一。

卡塔尔航空也拥有全球最年轻的机队之一。超过 200 架飞机（B777、B787、A380、A350、A340、A330、A320、A319……）平均机龄为 5 年。公司用空客和波音的窄体客机和宽体客机执飞长、中、短途国际航线，年轻的机队为乘客出行安全提供了保障。

此外，卡航对员工的培训也非常严苛，除了入职时关于服务、安全救援、医疗救助这些基本科目外，还加入了 WSET（葡萄酒与烈酒品酒师培训）等课程。每次飞行前乘务长的随机提问、每年公司安排的复训，让空乘在满足环球旅行、买买买的一己私欲同时，对这份工作的本质时刻保持高度认知。

52. 买机票找你会不会便宜一点？

挺俗气一问题，但事实是我的确被身边不太熟的朋友问过很多次。

答案是不可以，因为我们不是票贩子。

53. 你是怎么倒时差的？

多亏了我一身贼肉和“壮硕”的身体，对于短途和中途七八个小时内的航班，比如从多哈飞往东南亚、中国、欧洲、北非等目的地，我都是任性不调时差的。如果是北美洲、南美洲这样日夜兼程、黑白颠倒的超长航班（12 个小时以上），则不得不倒时差调节身体。我的绝招是食物疗法，即按照目的地的饮食规律而作息。即使“老家”同胞正在呼呼大睡，而目的地如果是早上，那就去吃早餐，因为食物会通过胃部消化，传递给大脑“现在是早上”的信息。另外，要避免老去换算与“老家”的时差，才能让潜意识迅速接受所在地的时间。

54. 真正做了空乘之后，你认为这个职业最苦的是什么?

于我而言，倒时差、饮食不规律、文化差异这都不是事，唯有班表是我这个环球旅行控最在乎的，如果当月航班不好，没有拿到想要的目的地难免会懊恼一小会儿。但是纵观全局，这几年颇受班表君的怜爱，总体上都还不错，没有太多可抱怨的。

55. 中东航司空乘拉杆箱的风采咱就不提了，说一下它暗黑的一面吧。

几个关键词先来感受一下：累、饿、无聊、热。

累到不想多说。

别和我谈什么环游世界，饿的时候，我只想静静地吃顿好的，最好是麻辣鲜香的川菜。

回家路上可能就在盘算吃什么。如果下了航班还要自己做饭，就太具体了。那就出去吃，但可选择性少，周围大多都是土耳其烤肉和印度飞饼咖喱屋。叫外卖，小贵，像美团外卖、饿了吧这些 APP 在国外想都不要想，家里堆了泰、韩、中、日各大餐厅的菜单以备不时之需，电话得提前存起来。如果人缘好，可以去朋友家蹭饭，但前提是得先研究好她们的班表，别一个电话打过去，朋友们正在马尔代夫晒太阳或是在美国拎着大包小包购物。

关键是，解决温饱问题，都要死掉这么多脑细胞，饿的时候，真的能正常思考吗？罢了罢了，先塞块奥利奥，赶紧泡碗方便面吧。

当我还是大学应届毕业生，正憧憬着去中东感受异域风情之时，一位卡航的前辈就提醒我：这里是个富得流油，但也无聊得鸟不拉屎的地方。都说人生就像围城，城外的人总是好奇想要去城内逛，然后亲自得出结论同上。

屈指可数的几个大商场几乎担起了多哈市区所有市民游购娱的重任。我再仔细思索，真想不出这个大半年的沙漠之夏还能有什么户外活动。

“娱乐活动少也挺好，至少可以节约些钱。”一位在阿联酋航空工作的朋友如是说。因为迪拜打造的是旅游城市，除了拥有世界上最大的商场，还有室内滑雪场、跳伞等娱乐设施，同属沙漠国家，似乎比上不足，但比下还是有余的。

作为重庆妹子，在江湖上都是不怕辣更不怕热的侠气，但一到多哈，我就怂了，因为实在太热。幸好，飞行可以让我放飞自我。

56. 你为什么离职?

于我而言，飞行是工作，行摄世界才是正事。所以做空姐并不是我的目的，环游世界才是，在人生最没有羁绊的年纪把梦想照进现实，就要勇敢跳出舒适区，实现新的目标，比如练瑜伽、写书、在新疆开民宿……

57. 你接下来最想去什么地方?

我还想去冰岛的蓝湖泡温泉、徒步千年冰川和黑沙滩，这是我的保留曲目，此外还想去看看纳米比亚的原住民、克罗地亚《权力的游戏》拍摄地……

还有就是，下一次旅行，我希望能遇见你。